오늘도 뚜벅뚜벅

오늘도 뚜벅뚜벅

이태식 에세이

요즘 MBTI가 유행인데 처음엔 무시했지만 하도 사람들에게서 자주 언급되어 나도 안 할 수가 없었다. MBTI 유형을 대입하여 생각해 보니 나는 INTP인 것 같다.

힘(Energy)을 어디에 쓰느냐에 따라 외향과 내향이 있는데 나는 에너지가 내부로 향해 있다. 외부에 힘을 너무 많이 쓰면 내 페이스를 찾지 못하고 행복하지도 않다. 우울할 지경이다. 그래 내부로 에너지를 써서 나를 다시 찾아와야 한다. 그래서 난 'I(Introversion)'이다. 말보다는 글을 더 좋아한다.

그다음에 사물에 대한 정보(Information)를 받아들일 때 어떤 식으로 받느냐의 문제인데, 나는 그때그때의 느낌보단 그것을 왜 하나? 그 의미가 무엇인지로 찾는 것 같다. 소확행을 하는 데 그 소확행은 '결국 왜' 하나에서 찾는다. 시행착오를 거치기 때문에, 나는 사는 방향 잡기도 나이 들수록 더 잘 잡는다고 본다. 행동마다 나는 의미를 부여하고 그걸 해석하려고 한다. 한 사람의 행동을 보고 그냥 이상하다고 하거나 웃어넘기는 게 아니라 '저 사람은 왜 저럴까?' 하고 그 원인을 알고 싶어 한다. 그러면 더 그 사람을 잘 이해할 수 있다고 보는 것이다. 사물의 한 부분을 보는 게 아니라 전체를 보고 그 사물을 평가한다. 부자가 되려고 지금 열심히 일하는데, 그건 결국 말년에 여유로운 삶을 향유하려는 것 아닌가. 이렇게 한 사람의 삶을 횡이 아닌 통으로 살핀다. 나무보단 숲을 본다. 그래서 'N(iNtuition)'에 가깝다. 다분히 관념적이다.

그리고 판단하고 결정(Decisions)할 때 어떻게 하냐인데 냉정한 사고를 바탕으로 하느냐 아니면 확 하고 다가오는, 즉 꽂히는 뭔가로 결정하는 느낌을 중요시하냐인데 나는 결정에 있어 더 분석적이랄 수 있다. 나는 완전히 'T'라기보단 'F'가 좀 가미된 'T(Thinking)'다. 나는 지적인 논쟁을 즐기려 하고, 나만의 논리를 짜나간다.

다음은 어떤 식으로 세상을 대하고 살아가냐(Lifestyle)인데 나는 이미 결론이 난 것을 충실히 따르는 편이 아닌 그것을 벗어나려고 한다. 차라리 나에게 맞는 판을 새로 짜려고 한다. 왠지 안 그러면 답답한 느낌이 든다. 그들이 만든 틀을 무시하는 게 아니라 그 속에 있으면 내가 불행할 것 같기 때문이다. 일부러 불행 속으로 들어갈 필요는 없지 않은가. 내가 좋아하는 글쓰기에도 그 틀은 안 맞는다. 누가 우리가 살아온 역사나 사회에서 벗어나, 그것을 뛰어넘는 사고를 해야 한다고 주장하는 사람이 있다면 나는 무조건 그를 지지하고 응원할 것 같다. 나는 인공적이고 경직된 그런 매뉴얼이 아니라 자연과 더불어 유유자적하는 자연스러운, 작위적이지 않은 어떻게 보면 약간 운명론적인 것을 더 잘 받아들이는 것 같다. 타고난 뭔가를 잘 활용하며 살라는 주의다. 그런 것으로 봐서 나는 'J'가 아닌 'P(Perceiving)'인 것이다.

난 유연성을 중시하고 조직에선 자율적 운영을 선호한다. 난 INTP다. 내가 이걸 좀 무시했다가 결국 받아들인 것도 이렇게 나에게 운명적으로 주어진 것을 적극 활용하자는 내 인생관이 반영되어 그리된 것 같다. 모든 것의 출발은 자기를 어떻게든 아는 것부터라고 생각해 온 것도 이렇게 된 것에 한몫하고 있다고 본다.

지금까지 살펴본 이런 건 나의 생김새이고, 나는 현실과 이상에서 하나도 놓치면 안 된다고 본다. 우린 인간으로 주어졌다. 운명이다. 그러니 즉 인간이니 사회적 동물이다. 현실을 무시하며 살아갈 수 없다. 완전히 무시하고 살면 이상도 실현이 안 된다. 바로 인간으로 태어난 운명 때문이다. 현실에 발을 들여놓고 이상을 향해 가는 삶이 내가 바라는 삶이고 그렇게 살려고 한다.

모든 이야기는 결국 자기 얘기라서 이런 '작가의 말'에도 내 이야기뿐이다. 사람은 결국 자기 얘기를 하게 되어 있다. 그 외에 이상한 소리를 하는 것은 거짓말이다. 자기가 배제된 이야기는 재미도 없다. 그리고 자기가 소외된 이야기는 그 글에 힘도 없다. 자기가 포함이 안 된, 그런 것에 어떻게 힘이 실릴 수가 있겠나? 모르는 사람이 자기와 동떨어진 얘기를 하면 지루하고, 처음 본 사람인데도 자기와 같은 성향으로서 자기가 관심 갖고 있는 것을 얘기하면 솔깃해지는 것과 같다. 그래서 계속 내 얘기를 할 수밖에 없다.

어떻게 하면 한 번 태어난 인생, 재미있게 살아갈 수 있을까? 나는 가장 재미있는 것은 즐기는 것이라 본다. 자기 방식대로 사는 것이다. 가능하면 좋아하는 것을 하며 사는 것이다. 아니 가능하지 않더라도 자기가 향하는 곳으로 가는 걸 포기해선 안 된다. 그래야 현실에서도 생기가 넘친다.

나는 책을 계속 읽고 글을 쓰니 계속 논쟁거리가 생겨난다. 그 논쟁거리는 주류들이 부르짖는 주장들인 경우가 많다. 많은 사람이 주장한다고 다 맞는 것도 아니다. 다수가 주장하지만 논리에 맞지 않는 그런 것을, 나는 논란의 복판에 놓고 따지고 싶다. 그러나 너무 시끄럽지 않게. 실은 그렇지 않은데도 다수를 따르는 게 있다. 지금의 흐름을. 그러면 자기가 불행한지도 모르면서. 그 속에서 진실을 찾는 작업을 멈추지 않을 것이다. 거기에 흥미가 동하니 멈출 수 없는 게 맞다. 모든 현상과 움직임에 본질이 있다고 본다. 그걸 꾸준히 캐고 싶다.

화두도 있다. 내게 중요한 건데, 도대체가 어느 게 옳은 것인지 헷갈리는 게 많다. 그런 문젯거리 중에서 계속 생각하면 해결되기도 하고 아직은 해결이 안 된 채 계속 붙들고 있는 것도 있다. 이런 논쟁과 화두를 껴안고 나는 책과 글을 통해 그것을 다루는 작업을 여생 동안 할 것 같다. 그렇게 운명지어졌다.

이런 식이니, 내가 목표로 세운 '일 년에 책 한 권 출간'은 그렇게 어려운 것 같지는 않다. 가식이 아닌 진실을 좇고(본질에 다가서려 하고), 책을 계속 읽고 글을 쓰기 때문에 가능한 것 같다. 그러면 계속 생각의 발전이 수반되고 그런 과정에서 논쟁거리와 화두가 자꾸 생겨난다. 그걸 책에 싣는 것이다. 역시 독서와 생각과 글쓰기는 나의 인생길에 가장 큰 즐거움이자 위안이다.

2024년. 골방에서
이태식

차례

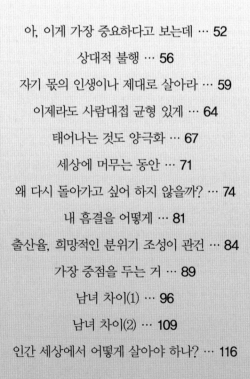

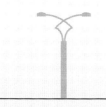

2부 | 일상에서 하는 일

오늘도 뚜벅뚜벅

오늘도 뚜벅뚜벅

오늘도 뚜벅뚜벅

오늘도 뚜벅뚜벅

1부
—

논쟁거리와 화두들

어디에 더 무게를…

일상에서 나이에 따라 '그저 다른 사람처럼 살 것인가? 아니면 내 이상에 좀 더 중점을 두고 의미와 보람을 갖고 살 것인가?'라는 고민을 피할 수 없다.

나는 의미 두기와 보람 같은 걸 굉장히 따지는 편이다. 사람들이, "그냥 사는 거지, 뭘 골치 아프게 그런 걸 따지며 사냐?" 하는데, 그건 자기도 그게 없으면 잘 살지 못하면서, 그걸 자신도 이미 가지고 있으면서 모르고 하는 말이라고 생각한다.

프리드리히 니체는 〈차라투스트라는 이렇게 말했다〉에서 영겁회귀와 시시포스 신화를 언급하며 반복되는 발자국도 전의 것과 다른 지금의 발자국에 의미를 두고 이미 정해진 운명조차도 사랑하라는 아모르 파티를 주장한 바 있다. 위대한 철학자가 아니더라도 우리도 반복되는 일상에서 어제와는 다른 오늘을 바라지 않는가.

이건, 인간과 삶에 대해 깊이 생각하고 통찰을 이끌어낸 철학자도 인생의 덧없음을 참을 수 없으니까 어떻게든 의미를 부여하려고 몸부림친 결과 아닐까?

　그런데 이것 또한 엄연한 사실이다. 즐거움의 정의는 각자 다르겠지만 남들처럼 사는 건 즐거운 시간이 상대적으로 길다. 그래서 대부분은 다수에 속하려고 한다. 남들이 지금 뭘 하나 기웃거린다. 자기 이상을 펴는 건 잠시 잠깐만 즐겁다. 자기만의 이상을 남들이 잘 이해하지 못하기 때문이다.

　그렇지만 또 인간은 특이하게도 이룩한 것엔 어떤 가치를 매기려 하고, 앞으로의 설렘이 있어야 사는 것 또한 사실이다. 이건 어찌 보면, 사회에서 잘하는 걸 할 것인가, 좀 못하더라도 좋아하는 걸 할 것인가와 겹치는 질문 같다. 잘하는 것을 하며 사회에서 인정받으며 사는 것도 물론 행복하겠지만 부족하지만 좋아하는 걸 하는 게 행복의 질에서 더 낫지 않을까? 그래서 인정받기는커녕 이상한 사람 취급만 받아도 오직 자기가 좋아하는 것만 하는 '예술가가 세상에서 가장 행복한 사람이다'라는 말도 있잖은가.

　그러면서도 이런 것들은 진리에 가까운 것 같다. 자연과 우주는 그냥 무심히 흘러간다. 인간의 보람이나 의미, 가치 같은 건 그들의 안중엔 애초 없었다. 그러나 인간은 그걸 견디지 못하고 자꾸 거기에 어떤 의미 같은 것을 부여하려 한다. 인간의 삶은 그 본질이 모순이며 그들 삶의 모든 모습은 다를 수밖에 없고 변한다는 거. 그러니 각자의 선택과 삶의 방향도 다르다는 거.

정상이 이긴다

TV조선 드라마 〈빨간 풍선〉에서 조은강, 조은산 자매가 불륜인데 작가가 결론을 어떻게 낼지는 모르지만 나는 정상이 이긴다고 본다. 사람은 정상으로 다시 복귀하려는 본능이 있다. 어쩔 수 없는 일이다. 다 팔자다.

지금이 비정상 상태이면 그게 시간이 좀 지나면 그걸 견디지 못하고 정상으로 복귀하려고 한다. 지금 상태가 그에게 맞지 않는 비정상이기 때문이다. 비정상은 오래가지 못한다. 그도 살아야 하기 때문이다.

비정상만 지속되면 죽는다. 그러니 자기만의 정상을 그게 아닌 사람에게 강요하면 목적을 이룰 수도 없거니와 상대방을 불행에 빠뜨릴 수도 있다. 자기 정상을 남에게 적용하려는 시도는 어리석은 짓이며 무지거나 오만에 불과하다. 나에게 정상인 게 남에게는 충분히 비정상일 수 있다.

일반 사람은, 잠시 잠깐 부는 바람은 그 바람이 지나가면 정상인 가정으로 돌아가려 한다. 가정이 그에겐 정상이기 때문이다. 그러나 타고난 바람둥이들은 바람피우는 게 정상이다. 그들에겐 가정이 비정상이다. 그들은 그 비정상 상태를 벗어나 언제라도 정상인 바람으로 돌아가려 한다. 그러다 늙어 기력이 떨어지면 바람이 비정상으로 바뀌어 정상인 가정으로 돌아가려 한다. 이것도 실은, 속은 아직도 바람을 피우고 싶지만 물리적으로 그게 용납이 안 되니까 할 수 없이 가정이 정상으로 바뀐 것뿐이다.

우린 여행을 떠난다. 비정상이다. 비정상인 여행을 가고 싶어 집을 떠난다. 그러다가 좀 지나면 집이 다시 그리워진다. 집으로 돌아가고 싶어진다. 집구석이지만 이보다 편한 곳은 없다. 집이 그들에겐 정상이기 때문이다. 반면 역마살이 낀 사람은 세상을 떠돈다. 그들에겐 그게 정상이다. 집에 있으면 언제든 떠날 궁리만 한다.

독서가 정상인 사람도 있다. 하루라도 독서를 하지 않으면 불안하다. 그들에게 무인도에 절세미인과 책 중에 어느 걸 갖고 갈 거냐고 물으면 책이라고 할 것이다. 그들에게 미인은 비정상이고 책이 정상이기 때문이다. 책이 없으면 거기서 버틸 수 없다는 걸 안다. 내 기준에서 이해가 안 가는 비정상을 택하는 사람은 분명히 있다. 사람은 같지 않다.

누구나 정상으로 가려 하고 그 정상을 하지 못하면 지금이 힘들고 늘 불안하다. 그건 어쩌면 고치지 못하는 고질병일 수도 있고 또 그는 그 고질병에 들어가지 않으면 그 고질병을 고치지 못한다. 근데 그건, 고쳐지는 게 아니라 치유되는 것이다. 그게 그들을 살게 하는 유일한 약이기 때문이다.

왜 편견이 생기는 걸까?

"인간에게 편견은 왜 생기나?"라고 챗GPT에게 물었더니 다음과 같은 대답을 내놨다.

"편견은 다양한 원인에 의해 생길 수 있습니다. 일반적으로는 우리가 자신의 경험, 문화적 배경, 교육 수준 등을 기반으로 세상을 인식하기 때문에 발생합니다."

챗GPT는 요약의 끝판왕이다. 물어보는 의도를 정확히 파악해 답을 내놓는다. 커서가 잠시 깜빡거리는 건 꼭 전문가가 생각하고 있는 중 같다. 섬뜩하고 소름이 끼친다. 그런데 틀린 정보도 아주 그럴듯하고 뻔뻔스럽게 잘도 내놓는다. 오랜 경력이 쌓인 사기꾼 같다는 생각도 든다. 끝에 가선 꼭 조언 같은 것도 하는데 이렇게 꼰대 짓도 빼놓지 않는다. 먹고 살기 점점 힘들어지는 세상이다. 다른 인간들도 힘든데 이젠 AI와 싸워야 하는 세상이 되었다.

어느 작가가 그러는데 "AI와 싸워 이기려면 자기를 파괴하는 논리를 펴는 수밖에 없다"라는 말을 한 적이 있다. 일반적으로 예상되는 것을 하지 않는 것이다. 자기만의 생각을 펴는 것이다. 개인적인 게 가장 창의적인 세상이 되었다. 그렇게 되어 또 하나의 할 일도 생긴 거 같다. 챗GPT의 허점과 그의 논리를 반박하는 글을 쓰는 것이다.

자, 챗GPT와 대적하기 위해 '편견'에 대한 내 생각을 펴봤다.

인간에게 편견이 있는 건 이래서 그런 것이다. 내 영혼이 내 몸에 붙어 같이 다녀서 그런 것이다. 내 정신이 내 몸과 함께 늘 있어 그런 것이다.

먹을 때도, 남과 싸울 때도, 화가 날 때도, 슬플 때도, 잠잘 때도, 외로울 때도, 눈물이 날 때도, 꿈꿀 때도, 남이 보지 않아 못된 짓을 할 때도, 늘 내 영혼은 나와 함께 있다. 내 영혼은 내 몸이 한 짓을 안다. 나와 동고동락을 함께한다.

속으로 하는 말을 알고 말과 달리 마음은 반대였다는 것도 안다. 남의 물건을 훔친 것도 알고 배우자 몰래 바람피운 것도 알고 애인이 없어 혼자 위로한 것도 남 앞에서 망신당한 것도 안다. 망신 준 새끼를 찾아가 어떤 식으로든 보복할 계획을 세운 것도 안다. 행동으로 옮기지 않았지만 생각만 한 것도 안다. 살인한 것도 안다. 나를 전부 안다.

남모르게 어려운 사람에게 기부한 것도 알고 취직이 안 되어 어깨가 처져 걷고 있는 젊은 사람의 등을 보았을 때 순간, 눈물이 핑 돈 것도 안다. 오른손이 한 일을 왼손이 안다.

내가 지금 이러는 건 어제 내가 잠을 못 자, 술을 너무 많이 먹어 그런 것이다. 내가 지금 짜증 내는 건 그래서 그런 것이지만 내가 잠을 잘 자 컨디션이 좋을 땐 남이 짜증을 내면 "저 인간, 오늘 왜 저래?" 하는 것이다. 나는 나를 잘 아는데 나는 남을 모른다.

심지어 죽어서 영혼이 내 몸을 빠져나가 죽은 내 시체를 본다. 나는 내 죽음까지 안다. "아, 내 몸이 교통사고로 도로 한복판에 피를 흘리며 쓰러져 있네." 혼이 사체와 분리됐어도 다른 몸으로 가지 않은, 아직은 내 혼이다. 늘 나와 함께 있어, 남의 몸에 내 영혼이, 정신이, 넋이, 마음이 있지 않기 때문에 나를 잘 안다. 남은 잘 모른다.

남도 나처럼 그렇다. 남의 정신과 몸이 같이 있다. 그도 나처럼 그래서 편견이 생기는 것이다. 남이 저런 짓을 하면 이해가 안 가지만 내가 같은 짓을 하면 너무 잘 이해가 간다. 아주 충분히 그럴 만하다. 나는 좋은 일도 많이 하고 가끔 나쁜 짓도 하지만 그래서 괜찮은 사람이지만 지금 이 자리에서 그런 짓만 하는 그놈은 보이는 그대로다. 나는 그럴 만한 사정이 있지만 그는 지금 보이는 그대로인 것이다. 내 영혼이 내 몸과 함께 있어서.

만일 내 영혼이 남의 몸에 붙어 있다면 그는 남의 행동은 이해가 가지만 내 행동은 이해 못 할 것이다. 몸과 마음이 같이 붙어 있어, 즉 맥락이 가능해 나를 너무 잘 알고 남은 잘 몰라 편견이 생기는 것이다. 그래 나는 충분히 그럴만하지만 남의 이상한 행동은 그럴 만하지 않다. 그래서 내로남불이고 편견이 생긴다. 정신과 몸이 따로 놀지 않고 같이 붙어 있어서.

편견을 없애는 방법은 하나밖에 없다. 내 영혼이 남의 몸으로 옮겨붙어 그들과 함께하는 거. 내 영혼이 너무 오래 내 몸과 함께 있다, 죽을 때까지.

남과의 관계

남을 내버려 두며 살 것인가? 아니면 간섭하며 살 것인가?

전자를 택하겠다. 이게 나와 맞다. 나는 남에게 싫은 소리 하는 걸 좋아하지 않는다. 무간섭주의다. 내 길과 그의 길은 엄연히 다르다고 생각하기 때문이다. 내가 대신 그의 인생을 살아주는 것도 아니다. 남의 인생을 또 나는 평가할 자격도 없다.

내버려 두는 걸 택한 이유는 타고난 내 성정 때문이기도 하지만 진짜 이유는 따로 있다. 나는 살며 가장 중요한 가치가 자기가 이미 갖고 태어난 것을 이 세상에 와서 한껏 쓰는 거라 생각한다. 이것에 방해되는 게, 상대를 내버려 두는 것인가, 아니면 간섭하는 것인가. 후자가 더 안 좋은 것 같다.

나는 그러기에 개인의 실현을 위해 그를 기꺼이 내버려 두려 한다. 내가 뭔데, 그의 소중한 삶에 개입해 혹시라도 안 좋은 영향을 주나? 자격 있나? 간섭 대신, 그를 진정으로 위한다면 그의 방향에 대해 이러쿵저러쿵 알량한 자기만의 기준으로 재단할 게 아니라 그의 방향을 암암리에 지원하고 응원하는 거라 생각한다.

내가 한심해 그에게 영향을 주진 못하더라도 나 때문에 상대가 인간에 대한 안 좋은 이미지를 갖게 될지도 모른다. 그의 가치 세계에서, 나는 인간 전체의 물을 흐리는 한 마리의 미꾸라지일 수도 있다. 내 존재 자체가 사람들에게 오염원이고 공공의 적이라니? 아, 두렵다.

"아무도 널 보호하지 않는다는 소리야, 동은아. 경찰도, 학교도, 니 부모조차도. 그걸 다섯 글자로 하면 뭐다? '사회적 약자.'"
드라마 〈더 글로리〉에서, 박연진이 한심하고 문동은은 자존감이 높아 아무런 영향을 받지 않을 수도 있다. 하지만 분명 영향을 받았고, 박연진 때문에 인간에 대한 희망을 버린 것 같다. 박연진의 간섭 때문에 문동은은 타고난 기질과 꿈을 실현하는 대신 "오늘부터 내 꿈은 너야!"라며 복수, 타락을 택했고 인간에 대한 절망을 갖게 되었다.
소중한 한 인생을, 그게 뭐라고 그렇게 바꿔놨나?

남과의 관계에서 내버려 둠과 간섭 중 간섭이 더 해로운 건 확실한 것 같다. 이제 그만, 간섭은 자기 자신에게만 하라. 남에게 하지 말고. 남이 밤송이로 밑을 닦든 남한이 싫어 월북을 하든 "너나 잘하세요."

아, 나는 그래서 남에게 피해 주길 싫어하는 일본인이 좋아 여행을 별로 좋아하지 않는데도 올해 일본에 다녀올 예정이다.

뒤끝 예찬

뒤끝 있는 게 나쁜 것만은 아니다. 그게 없으면 당사자가 있는 데서 대놓고 화를 내고 같이 붙으며 자기 할 말만 다 해 상대에게 상처를 줄 것인데 그런 걸 한, 자기는 시원할지 몰라도 당사자는 그렇지 않다. 그 자리에서, 내가 시원할수록 상대방에겐 앙금이 남는다.

차라리 뒤끝이 있어 남에게 아니고 혼자 속으로 삭이는 것이 당사자에겐 더 나을 수 있다. 그런데도 이들에게, 뒤에서 호박씨나 깐다고 욕을 한다. 이들은 억울하다. 앞에서 시원하게 풀지도 못하면서 또 욕은 욕대로 먹는다.

흔히 이런 건 착한 사람들이 맡은 역할인데 알고 보면 남 앞에서 직접 화를 내지 않는 건 남을 너무 배려한 결과다. 성질 없는 사람은 없다. 그걸 참느냐 못 참느냐만 있을 뿐이다.

이렇게 말하는 이들이 있다. 자긴 직선적이라 뒤에서 호박씨 까는 스타일이 아니라고. 이 말은 자기가 싸움닭이고, 현장의 폭군이란 얘기다. 남에 대한 배려 없이 자기 성질대로 한다는 건데, 면전에서 실컷 자기 멋대로 했으니 뒤에서 호박씨 깔 일이 뭐가 있겠는가. 모이기만 하면 상사 뒷담화를 하는 것도 상사들만 직선적일 수 있기 때문이다.

그런데 여기서, 그냥 넘어가면 영 찝찝한 게 있는데 자기는 호박씨 까는 스타일이 아니라면서 호박씨를 깐다. 당사자가 없는 데서 그 말을 하는 자체가 호박씨를 깐다는…, 그 지인에 대해 자기도 지금 남 앞에서 호박씨 까고 있는 건 아닌지. 자긴 그런 스타일이 아니라면서 그런 스타일을 남발하네. 그럼, 이런 스타일은 어떤 스타일? 혹시, 찐 뒤끝 작렬 스따~~일?

그 자리에서 풀지 못해 다른 식으로 푸는 게 뒤끝이다. 그것도 남과의 갈등을 푸는 그만의 방법이다. 차라리 상대에게 뒤끝이 있는 게 덜 상처일 수도 있다. 어쩌면 당사자는 그에게 고마워해야 하는 건지도 모른다.

그렇지만도 사람 일이란 게 다 일장일단이 있게 마련인데, 직설적이면 그게 여럿이 있는 자리라면 상대방에게 큰 모욕이 될 수도 있고 내숭이면 뒤끝이 있어 내가 없는 데서 남들에게 내 험담을 할 수도 있는 것이다.

사람들이 모인 자리엔 언제나 감정 보존의 법칙이란 게 있다. 내 즐거움이 70이면 남은 30이고 내가 30이면 남은 70이다. 내가 지금 감정 상태가 70이면 남은 30이니까 지금 나는 남에게 폭력을 행사하고 있는 셈이다. 남에게 지금 뒤끝의 단초를 제공 중이다. 나만 즐겁고 남은 괴롭다.

이 글을 쓰는 이유는 균형을 잡기 위함이다. 대개 뒤끝이 있는 사람들은 싸움을 안 하려고 한다. 대신 속으로 끙끙 앓고 혼자 뒤에서 삭인다. 풀지 못해 어떤 식으로든 이들도 풀어야 한다. 그들의 소리는 요란하지 않고 조용하다. 그래 이들의 소리 없는 아우성을 대변해 언제 어디서나 소리 높이 외치는 다혈질들과 이런 글로나마 균형을 맞추려는 것이다.

또한 글은 언제나 약자를 대변해야만 그 생명이 길기 때문이기도 하다.

그만둘 거면 시작도 안 했어

"포기할 거라면 시작도 안 했어."

이 말을 듣는 사람은 기분이 썩 좋지만은 않을 것이다. 이 말은 대개 좋지 않은 것으로, 그가 나를 상대로 뭔가 가할 때 "우리, 그만하자"라는 타협 중에 상대가 처음을 계속 견지하고 나를 겨냥해 애초의 뜻을 다짐하는 말이기 때문이다. 아직 굽히지 않고 그걸 실행할 의사가 있고 의지가 충분히 남았음을 내 앞에서 거듭 선언하는 말이다. '당신을 이길 수 있어'라고 확신할 때 주로 쓰는 말이다. 비아냥거리며 분노와 전의가 아직 충만함을 나에게 다시 고지하는 것이다. 동시에 자신에게도.

부정적인 거지만 주는 것이니 상대가 갑이고 내가 을이다. 받는 쪽은 항상 을이다. 그런데 사람은 처음에 시작했지만 중도에 포기하는 게 실은 더 많다. 무수히 많은 이런 것은, 자기합리화로 애써 외면한다. 그러니 아직은 승산이 있다고 생각되는 것에만 "그만둘 거면 시작도 안 했어"라고 말할 수 있는 것이다.

사실 이런 의지라도 있어야 살아가는 게 아닐까. 어찌 보면 달리 다른 목적이 없으니까 일부러 이런 보복이나 복수심을 붙들고 있는 건지도 모른다. 자기 오기와 고집을 보여주려는 것이다. "본때를 보여주마!" 하고. 자신이 얼마나 대단한 인간인지 가르쳐주겠다는 것이다.

그러나 이게 어느 순간 별로 하고 싶지 않은 것으로 바뀌거나 해보니 체질상 맞지 않는다고 판단되면 말로만 하는 허세로 끝날 수도 있다. 그럼 또 언제 그랬냐는 듯이 "애초에 시작도 안 했어"라는 말은 더이상 입에 담지 못할 것이다. 그러니까 이런 말을 하는 지금은 그걸 자신이 열렬히 바라거나 체질상 아직까지는 맞아들어가고 있다는 것이다. 그러나 언젠가부터 '내가 지금 뭘 하고 있지?'라는 의문이 들기 시작하면 이 말을 지키지 못할 수도 있다. 그런 이유로 중도에 멈추는 경우가 많다. 그런데 인간은 또 본전 생각을 안 하지 않는다. 거기에 지금까지 너무 많은 걸 쏟아부었다는 생각에 이제 와서 발을 빼기엔 이미 늦었다. 절대 그렇지 않음에도.

나중에 후회할 일에 에너지를 너무 낭비할 수도 있다. 그러다가 인생 좀먹을 수 있다. 정신 승리는커녕 희망 고문이 되고 곧 현타가 엄습할 수 있다.

뭔가 자꾸 이슈화되는 건 그걸 바라지만 안 되기 때문에 그러는 거 아닌가. 이를테면, 민주주의를 자꾸 외치는 건, 그걸 바라지만 현실에선 민주주의가 훼손되어 가고 있다는 걸 보여주는 것이다. 간절히 바라지만 안 되니까 자꾸 요구하는 것 아닌가. 민주주의를 이 사회에 제대로 뿌리내리게 하려면 지금 현실이 민주화하기엔 척박한 환경이란 걸 정확히 알아야 만반의 준비로 민주주의 정착에 성공하지 않을까. 그리고 이미 그 정도는 예상했기 때문에 중간에 쉽게 꺾이지도 않는다. 이상을 실현하려면 현실적인 어려움을 무시하거나 간과해선 안된다. 현실은 절대 호락호락하지 않다.

앙갚음만으로 평생을 보내는 것도 현실적이지 않다. 그 자체를 즐기는 게 아니라면 성공하더라도 속이 시원하지도 않다. 왜냐하면 보복이니 앙갚음이니 하는 것은 명분이 너무 허약하다. 일생이 변명으로 점철될 수도 있다. "내가 오죽하면 그러겠어!" 하며.

인간은 부정적인 목적보단 긍정적인 목적을 더 바란다. 안중근이 혈서를 쓰고 이토 히로부미를 저격한 명분 정도가 아니라면 처음에 빨리 회의에 드는 게 자신에게 좋다. 드라마의 사적 복수 같은 건 대리만족 수준에서 멈추는 게 좋다. 리벤지 같은 것에 평생을 거는 건 자기 인생의 가치를 스스로 낮게 본 결과 아닐까.

남과 자신에게 떳떳하고 깨지지 않는 명분과 자기가 좋아하고 즐기는 것, 자기 체질에 맞는 것을 해야 오래가고 스스로에게도 행복한 일이 되지 않을까. 이게 실은 보복보다 더 큰 타격을 주는 게 아닐까.

상처와의 동침

'아, 나에겐 이런 상처가 있구나. 한 번도 아니고 이런 감정이 자꾸 나를 찾아오는구나. 아, 또 내겐 이런 것에 대해 이런 느낌과 기분이 드는구나.'

이럴 땐 피하지 않고 온전히 느끼는 게 중요하다. '지금 또 왔네!' 하며. 오롯이 있는 그대로 느끼는 것이다. 외면하거나 피하지 말고 그것과 맞서는 것이다. 그걸 밀어내지 말고 그냥 받아들이는 것이다.

(내 거니까) 대수롭지 않게 무시해 버리면 안 되고 고통이 따르더라도 민낯과 생채기를 그대로 직시해야 한다. 한번은 호되게 겪어야 한다. 차라리 내 인생의 동반자라 생각하고 나와 함께 가는 것이다. 동침하는 것이다. 꼭 껴안고 함께 자는 것이다. 등을 돌려선 안 된다. 그러면 전보다는 덜 두렵고 그렇게까지 힘들진 않을 것이다.

낯선 곳에 가면 그것이 두렵지만 자꾸 가게 되면 그렇지 않은 것하고 비슷하다고나 할까. 상처에 면역이 생기고 맷집도 생긴다. 그곳에 딱지가 지면서 새살이 돋는다. 아물어 다신 같은 곳에 상처가 일지 않는다. 그러니 내겐 영광스러운 상처다.

10, 20대 때는 지금 이 사랑이 영원할 것 같다. 그래 거기서 오는 상처도 감당하기 힘들다. 30, 40대가 되면서 수많은 사랑과 이별을 겪으며 사랑이란 건 영원한 거라기보단 변할 수도 있는 거구나, 하고 담담히 재정의해 받아들인다.

그런 감정과 기분을 전엔 엄청나게 중요하게 생각했는데 그걸 인정하고 받아들이게 되면서 그 빈도는 전처럼 그대로지만 이젠 그렇게까지 심각하진 않을 것이다. 내 의지보단 시간의 힘을 더 믿게 된다. 어떻게 해도 안 되는 건 그냥 지나가게 두는 여유도 생겼다. 이런 상처를 문학이나 영화 같은 데서 인물들과 같이 나눈다면 더 힘을 얻고 묘한 위안을 얻을 것이다. 슬픔을 슬픔으로 다스리는 지혜도 생겼다.

그 상처들을 음습한 심연에서 힘겹게 차례로 꺼내(그러지 않으면 계속 곪고 쓰라리기만 할 것이다.) 그것에 대해 다시 상기하면서 햇볕에 말리고 다시 배열하다 보면 생각이 정리되고 심지어 '아, 내게 이런 특별한 감정이 있었던 건 어쩌면 이러려고 그랬구나!' 하고 의미 같은 걸 부여하는 단계로까지 나아갈 수 있다. 한 발 떨어져 볼 수 있는 능력이 생겼다. 무뎌진 게 아니라 그 안팎을 두루 알아 두렵지 않고 그것에 대한 애착이 생긴 것이다.

미운 정이 생긴 것이다. 더 이상 그 안에서만 버둥거리지 않게 되었다. 그러니 그런 것들과 같이 가지 않을 이유가 없다. 같이 먹고 같이 자고 같이 울고 같이 웃는 것이다. 모두가 내 것이 된다. 종국에 가선, 그것으로 자기만의 튼튼한 통찰을 얻을 수도 있다.

모르는 게 약

가끔 글엔 자기를 객관화시키지 못하고 그냥 자기 세계에만 빠져 사는, 좀 모자란 사람들(자신이 반대편에 있다고 믿는 사람들이 맘대로 규정한)이 나온다.

거기서 나오지 않고 그 안에서 사는 것도 좋으리라. 그가 거기서 나와 자신을 객관화하고 남과 비교하는 순간, 불행은 시작된다고 보기 때문이다. 아니 좀 모자라고 덜떨어져서 자기 세계에만 있고, 사회가 요구하는 경쟁 분야를 모르면 좋겠다. 그냥 모자란 대로 살기를 바란다. 밖으로 나와 자신이 모자란다고 알지 못하기를 바란다.

거기서 나와 경쟁거리가 뭔지 알고 나도 한번 해 보겠다고 덤비는 순간 불행은 시작된다. 자신을 남의 눈으로 보기 시작하는 것이다. 내가 남에게 어떻게 보일지 걱정하기 시작한다. 현타와 팩폭이 나를 괴롭힌다. 불행의 시작이다. 밖에 있는 모자라지 않은 것들끼리 피 터지게 싸우거나 말거나 자기 세계에 푹 빠져 거기서 그냥 살길 진심으로 바란다.

밖의 것들은 평생 불행 속에 사는 것도 깨닫지 못하면서 덜떨어진 사람들을 보며 자신이 그 운명을 피해 간 것을 다행으로 여길 것이다. 그럼 같이 밖의 것들을, 별것도 아닌 것에 목숨 거는, 그 피 터지는 불행을 자신이 피해 간 것을 다행으로 똑같이 여기면 그만이다.

사는 목적이 뭔가? 결국 행복 아닌가? 우린 다 같이 행복을 추구한다는 점에서 오히려 그들이 불행 속으로 뛰어드는, 모자라고 어리석은 인간들이다.

"누가 더 행복한지 대볼래? 그리고, 나는 내 세계를 존중해. 여긴 나를 위한 행복의 나라야."

다 같이 못사는 것보다 빈부 차가 커 그 차이를 실감하는 게 더 불행한 것이다. 상대적 불행이 사람을 더 불행하게 만든다. 현재의 불행은 세계가 다 나를 볼 수 있다는 거다. 나도 모든 사람을 다 볼 수 있다. 남의 쓸데없는 것을 너무 많이 알게 된다. 그게 다수라 해서 행복의 기준이 될 수 없다. 다수가 항상 옳은 것도 아니다.

매슬로우의 인간 욕구 5단계에서 집단에 소속되려는 인간 본능 때문에 순응 편향을 일으켜 집단 착각과 집단 무지성(자기 의지와 불이익에도)이라는 집단의 잘못된 선택을 추종해 다수가 모두 어리석을 수 있기 때문이다.

봉화나 써서 교신하는 두메산골에 살았다면 잘나가는 남을 볼 수 없어 내 다름대로 행복한 삶, 지금에 만족하며 살았을 것이다. 주변에 나와 비슷한 사람만, 아니면 나밖에 없어 비교고 자시고 할 게 없으니까.

두메산골이라도, 호모사피엔스 인간 사회에서 경쟁이 불가피하다 해도 동네(그러나 옛날엔 힘든 일은 두레나 품앗이를 통해 함께 하고, 뭐든 나눴다. 떡을 하면 이웃에 돌리고 하다못해 들에서 새참을 먹기 전에 항상 고수레를 해 자연과 나눴다.)를 상대로 한 경쟁과 세계를 상대로 한 경쟁에서 어느 것이 더 불행할까?

지금은 남의 모든 게, 특히 잘나가는 게 모두 다 공개된다. 누가 더 잘나가나 SNS를 통해 경쟁하니 그것을 지켜만 보고 올릴 게 없는 사람들의 불행은 가중된다.

인간은 허약해서 그게 기준이 될 수 없다는 것을 머리로는 알아도 마음까지 다스리진 못한다. 그러니 아예 모르는 사람이 지금은 더 행복할 수 있다. 배고픈 소크라테스보다 배부른 돼지가 더 행복할 수 있다. 나를 불행에 빠뜨리는 해로운 정보가 세상엔 너무 많다.

이걸 뛰어넘는 사람이 진정한 초인(덜떨어진 사람과 안 덜떨어진 사람의 마음을 모두 아는 사람)인데, 범인(안 덜떨어진 사람)에겐 아무래도 무리다. 그러니 모자란 사람이거나 모르는 게 약이다. 안 모자란 사람은 내 행복에 방해되는 요소나 정보는 필터링해서 더는 불행 속에서 헤매지 않도록 노력해야 한다. 인생의 중요한 질문에 자기 나름의 답을 찾는 노력을 게을리하지 말아야 한다.

누가 내 말을 있는 그대로 들어 줄까?

"남자가 아는 것은 지금 여자에겐 누군가가 필요하다는 사실, 그것뿐이었다. (……) 그때 남자에게 절실하게 누군가가 필요했던 것처럼 지금 여자에게도 자신의 말을 들어 줄 누군가가 있어야 한다는 것, 남자는 그것만 알 뿐이다."

- 조해진 소설 〈천사들의 도시〉 중에서

단독으로 있으면 평범하고 일반적인 말이 앞뒤에 문맥이 놓이면서 더 이상 평범하지 않고 깊은 의미를 지닌 독자적인 말이 된다. 그 말은 온갖 고통과 슬픔, 기쁨을 겪고 태어난 비애가 스민 아름다운 말이다.

내겐 이 사랑이, 앞뒤 문맥이 있어 절대 사람들의 입방아에 오르내릴 수준의 구설수에 불과하다. 단순 무식한 내로남불이 아니란 말이다. 그런 진정한 사랑 이야기가 제삼자인 남의 입에 오르내리는 순간 부도덕한 불륜으로 전락한다.

이런 나의 사랑 이야기가 남의 입에 함부로 오르내리지 않기 위해 우린 그걸 친구나 직장, 심지어 가족에게도 말하지 않고 나와 전혀 관계없는 제삼자, 이해관계와 무관한 타자에게 오히려 솔직하게 털어놓는 경우가 있다. 생판 모르는 남에게 내 이야기를 더 솔직하고 더 속시원하게 털어놓을 수 있다.

　털어놓는 것으로 그만이다. 털어놓는 것 자체에 의미가 있다. 후유증이 없고 뒤탈이 없다. 그래 훗날이 걱정되지도 않는다. 내 말을 들은 상대는 또 다른 타자에게 말하지 못한다. 그러면 이상한 사람 취급만 받는다. 이야기가 그의 입에서 떠났더라도 흐지부지되고 만다. 그 말은 살아 돌아다니지 못하고 그러니 내 귀에까지 도달하지도 못한다. 이야기의 생이 짧아 중간에서 사라졌기 때문이다. 그건 청자가 그 말의 주인공을 본 적이 없고 그러니 이야기에 기이한 생기라곤 찾아볼 수 없기 때문이다. 말은 살이 붙고 각색되어 상상의 나래를 펼쳐보지도 못하고 사망한다. "어, 그래." 하고 만다. 한마디로 나와 상관없는 이야기일 뿐이다.

　그러나 그 말을 들은 상대가 나와 상관있는 사람이라면 이야기가 사뭇 달라진다. 상대는 듣는 순간, 눈을 반짝거린다. "오호, 그래?" 그 이야기 속엔 그가 아는 내가 등장하기 때문이다. 그 후 입이 근질거려 자기가 일부러 밥까지 산 동료에게 점심을 먹으며 전하고 남의 불행(남=가정 파탄)을 음미하며 행복(자기=그래도 정상 가정 유지)해한다. 오늘따라 밥맛도 더 좋은 것 같다. 그 이야기가 앞에 놓인 반찬보다 더 맛있다는 걸 깨닫기까지 한다.

그 말은 결국 드디어 내 귀에까지 들려오고야 만다. 내 지고지순한 사랑이 지저분한 불륜으로, 가십거리로 순식간에 둔갑해 버렸다. '그 유포자를 가만두지 않겠다.' 속으로 다짐한다. 엄연히 사생활 침해라 그를 조용히 직장 내 괴롭힘으로 고발한다. 재미 삼아 하는 돌팔매질이 개구리에겐 생사에 관한 문제이기 때문에 더는 그들의 맛있는 안줏거리나 반찬거리가 되고 싶지 않다. 나도 살고 봐야 하지 않겠나.

현대인에겐 순수하게 내 말을 들어 줄, 있는 그대로 나를 봐 줄 장소가 점점 줄고 있다. 겉으로만 보이는 외관이 아닌 알맹이인 본질, 내 실존을 존중받을 곳이 사라지고 있다. 그러니 더 절실하게 찾아 헤맨다. 그걸 풀 곳은, 나와 아무 상관이 없는 사람, 즉 지나다가 우연히 들른 토킹바 같은 곳이거나 나와 같은 것을 겪어 나를 잘 이해하고 진정으로 공감해 줄 나와 같은 부류의 타자뿐이다. 그는 나와 비슷한 일을 겪어 내 말을 잘 들어 준다. 내 이야기가 곧 자신의 이야기이기 때문이다.

오늘도 우린, 내 말을 순수하고 진정 어린 눈으로 들어줄 나와 같은 타자를 찾아 나선다. 아니면 태어나는 순간, 내 이야기의 목숨이 곧 사라질 곳을.

그땐 그게 진심

그게 보편성을 띤 것이건 아닌 것이건 습작생(習作生)이 글을 쓸 당시엔 그 심정이 진실이었고(그게 지금의 작품보다 사람들을 더 감동시킬 수도 있다. 왜냐면 좀 거칠지만 글에서 진심이 보이기 때문이다), 여자가 변했다고 하는 남자의 마음도 "사랑해!"라고 할 당시엔 진심이었다. 왜냐면 그때는 그게 맞기 때문이다. 여자에게도 남자가 변한 것 같은 지금보다 그때가 더 행복했을 수도 있다. 그 당시가 지금보다 사랑하는 남자에게 사랑받고 있다는 느낌이 더 들었기 때문이다. 자기만을 바라보는, 무조건적이고 맹목적인 사랑이었다, 그때는. 그러나 그 상태가 오래 지속되기 어렵다는 게 문제다.

그게 정상이 아니기 때문에 대개는 가장 편안한 상태인 본래의 자기 모습으로 회귀하려 한다.

실은, 그걸 가지고 가장 오래 살아간다. 자신과 오래 같이할 수밖에 없는 이런 자기 모습을 잘 이용하는 삶이 가장 좋은 삶 아닐까? 억지로 바꾸려 해봐야 남들 눈엔 결국 자기 모습에서 크게 벗어나지 못한다. 자기 딴엔 무진 애를 썼지만.

대개는 나중에 옛 성현의 말을(그냥 살면) 그대로 따르는 삶을 산다. 인간의 삶은 겉으로 봐선 다 거기서 거기다. 너나 나나 별수 없다. 예외 없이 생로병사의 길을 걷는다. 이 굴레에서 벗어나려면 수행자가 되어 면벽(面壁)의 끝없는 성찰이 필요하다. 역시 일반인에겐 무리다.

영화 제목처럼, '지금은 맞고 그때는 틀리다.' 인간은 '지금' 위주로 '자기' 위주로 산다. 그에겐 그게, 그 당시 자기 입장에선, 최선의 선택이었다.

그런 걸 보면 선택의 기로에 섰을 때, 지금의 마음이 향하는 대로 가는 게 맞는 건지도 모른다. 나중에 후회하는 한이 있더라도, 지금은 그게 맞다는 생각이 드니까, 지금은 그게 최선이니까. 내 마음이 이끄는 길을 따랐으니까 그러는 동안 겪은 무수한 실패와 좌절마저도 온전한 내 것이니까. 수많은 사람 중의 하나가 아니라 오로지 나 자신이 되는 거니까.

과거는 흘러간 지금이다. 그때(그 당시의 지금)의 선택은 누가 뭐라, 했어도 지금 위주로 자기 위주로 선택한 것이니까.

기후 위기

　기후 위기다. 극지의 만년 빙하가 녹아 육지가 바닷물에 가라앉고 더위로 질식해 죽는 사람이 속출할 거라 한다. 그런데 사람들은 여기에 대비를 안 하는 것 같다. 일부만이 발을 동동 구른다. 그런데 이건 일부만의 문제가 아닌데, 모두의 문제인데.

　짧은 거리는 차를 안 타고 웬만하면 걷고 육식을 줄이고 배달 음식에서 나무젓가락은 안 받고 비행기 대신 전기로 움직이는 교통수단을 이용하려 하고 개발만이 살길이라는 정부에 대고 성토한다. 아주 극소수만.

　이제 어느 정도 살아 굳이 그럴 필요가 없는데도 나보다 더 절실한 사람들이 낳을 텐데도, 나는 대비하려는데, 더 살고 싶은데, 애들이 있는 젊은 사람들조차 다른 것보다 여기엔 이상하게 움직임이 느리다. 곧 자녀들이 위기에 봉착할지도 모르는데 왜 서두르지 않을까?

　이런 말 하는 사람을 잘난척한다고 유난을 떤다고 면박을 준다. 재수 없다는 사람도 있다. "꼴값하고 있네. 제 앞가림도 제대로 못 하는 주제에" 한다. "그런 게 아니라, 난 다만 더 살고 싶을 뿐인데." 옳은 것 같은 말을 하면 "그 속에 뭐가 들었니? 그러는 이유가 진짜 뭐니?" 한다. 더 살고 싶어 대책을 세우려는 게 정상인가, 아님 나는 모른다 며 남이 하는 것에 딴지나 거는 게 정상인가?

식사 자리에서 이런 얘기를 하면 밥맛 떨어진다고 한다. 사람들은 우울하고 건강하지 않은 것 같고 우중충한 얘기는 듣기 싫어한다. 분 명 존재하는데 못 본 체한다. 그게 언젠가는 아니 어쩌면 곧 30년 안 에 나에게 닥칠 텐데도 지금 우선은 보기 싫고 골치 아프다며 꺼내지 말라고 한다. 거기서 눈을 돌리고 다른 데 빠지면서 그걸 머리에서 지 우려 한다. 그게 내 지금의 행복을 망친다며.

근데 분명 이런 건 있다. 아예 대놓고 나쁜 말을 하는 사람은 그 말 대로 거의 한다. 그러나 위선자처럼 보이지만(닳고 닳은 정치인은 빼 고) 좋은 말을, 특히 공개적으로 하는 사람은 그걸 전부는 실천 못 해 도(사람이기 때문에) 어느 정도는 한다. 적어도 위악적인 사람보단 뭔 가 좋은 일을 좀 더 하고, 하려고 노력은 한다.

이게 진보주의자들이 욕을 더 먹는 이유다. 진보든 보수든 사람이 기 때문에, 현실에선 실수를 거의 비슷하게 하지만 그들이 말과 행동 에 있어 유리(遊離)가 더 크기 때문에. 이게 인지부조화(Cognitive Dissonance)인데 자기 말과 행동을 일치시키려는 과학적으로 증명 된 인간 본능이다. 검찰에 불려 가 조사를 받다가 인지부조화의 고통 을 견디지 못하고 스스로 목숨을 끊는 사람도 있다. 거기서 우린, 그 나마 그걸 지키려는 그들의 몸부림을 읽을 수 있다.

움직이지 않는 이유가 뭘까? 아직 덜 절실한가? 그럼 초고층 엘리베이터가 가려져 높이를 실감 못 하니 바닥과 벽 등을 온통 투명유리로 바꿔 고도를 실감하게 공포를 일부러 심어줘야 하나? 화내야 할 일과 화낼 필요가 없는 일을 구별 못 해 그런가?

자기가 사는 아파트값이 떨어진다고 주변 혐오 시설엔 팔을 걷어붙이고, 자기 자식이 지적받았다는 말엔 묻지도 따지지도 않고 담임을 찾아가 머리끄덩이부터 잡으면서. 이런 덴 발 벗고 나서지 않는다. 기후 위기엔 무감하다.

이런 게 아닐까. 지구 위기는 금방 와 닿지 않고 자기가 나선다고 바로 해결되는 것도 아닌 너무 큰 문제고, 지구인 모두가 관련된 광범위한 공동의 문제라 마치 줄다리기에서 힘껏 당기지 않고 줄만 잡고 있어도 아무도 모르기 때문이 아닌가. 나 하나쯤 그냥 묻어가도 되는, 그런 거. 나 아녀도 누군가 알아서 하겠지, 이런 거.

또 막연히 다수를 따르는 쪽을 택하는 것 같다. "먹고 살기도 바쁜데 그런 것까지 신경 쓰면서 어떻게 살아?" 하는 것도 있고. 남들은 모두 잘사는 것 같은데 나만 죽는 건 못 봐주지만 다 같이 죽는 건 참을 수 있다는, 이해하기 어려운 심리? 이렇게 생각하니 좀 이해가 가는 것도 같다.

그러나 이러고 말기엔 기후 위기가 너무 심각하고 중대하다. "이렇게 되도록 뭐 했어?" 아이들의 이런 물음에, "응, 그땐 먹고살기 바빠서." 이러고 말 건가? 다 죽게 생겼는데 인제 와서 뭘?

순간이 행복

소설이건 영화건, 이거 읽은 건가 본 건가, 긴가민가할 때 어느 한 장면을 만나는 순간 딱, "아, 이거 읽은 거네, 본 거네." 한다. 전체 줄거리(또는 너무 클리셰한 디테일)가 아니라 순간 장면에서 전에 봤던 것을 기억해 낸다.

과거의 사건 전체가 아니라 어느 순간만을 짤막하게 기억하고 있다. 그게 일상에서든 아니면 일상을 벗어난 일탈에서든 어느 순간만은 머리에서 좀체 사라지지 않는다.

데이팅 어플에서 처음 만난 여자가 "내가 널 선택한 건 성병에 제일 안 걸리게 생겼기 때문이야"라고 한다. 이 말을 듣는 순간, 남자는 입 안에 든 소주를 자신이 먹던 잔에 도로 '풉' 하고 내뱉는다. 바로 이 장면에서, '아, 이거 전에 본 영화네'라고 알아차린다. 부분이 전체를 소환하는 순간이다.

기억 속에 오래 머무르는 건 전체가 아니라 바로 '내'가 임팩트 있게 받아들인 어느 한 부분이다. 그때그때 다르다. 내가 그때 어떤 상태인가에 따라 같은 장면도 그저 그런 사건일 수도 있고 내 인생 전체에 걸쳐 끈질기게 붙어 다닐 수도 있다. 남 또한 나와 다르다. 같은 것을 보거나 겪었어도 그는 다른 순간을 기억할 수도 있고 아예 그것 자체를 기억하지 못할 수도 있다. 같이 겪은 일인데도 순간 포착이 서로 다른 것이다. 상대의 순간은 상대의 것이니 그에게 중요하고, 내 기억의 순간만이 중요하다. 내가 그것에 대해 신나게 얘기하면 상대는, "그런 일이 있었어?" 하고 되묻는다. 나는 그때가 아직도 이렇게 생생한데.

이런 순간들을 되새기며 우린 행복하다. 장면뿐 아니라, 순간순간의 분위기와 그때의 그 느낌과 그 향기도. 따로 떨어진 섬 같이, 징검다리같이 서로 떨어진 순간 기억들이 합쳐지면서 전체 그림이 완성된다.

"언제 여기 와본 것 같은데!", "이 영화 어디서 봤더라?"
지금 접하는 모습이나 느낌, 냄새가 내 기억 속의 희미한 흔적을 깨운다. 전체가 아니라 부분들이 먼저 살아나고 그것으로 전체가 내 기억 속에서 되살아난다. 그런 순간들이 나를 행복으로 이끈다. 순간순간이 내 행복의 요소다.

지금의 이 순간도 앞으로 나를 행복으로 이끌지 모른다. 마다하지 말자. 그 순간 다시 오기 어렵다. 지금, 이 순간은 반복되지 않는다. 이 순간이 내 인생 전체에서 가장 행복한 순간으로 기억될지도 모른다. 극복되기 어려운 미래의 지금이 지금 이 순간으로 인해 능히 넘어서는 힘으로 작용할지도 모른다. 인생 전체가 아니라 순간순간들이 내 행복을 좌우할지도 모를 일이다.

돈만 주던 아버지가 기억나나? 아니면 목말 태워줬던 아버지가 나를 미소 짓게 하나? 이젠, 기력 없어 그러지 못하거나 이 세상에 더 이상 없는 아버지를 생각하면, 목말 태우며 빙글빙글 돌던 장면이 먼저 떠오르지 않나? "그땐, 아빠가 세상 전부였고 바로 내 행복 자체였는데." 이젠 절대 재생되지 않는 순간이기에 소중하다. 딱 한 장만 남은 흑백사진처럼. 그러나 그 순간은 온통 내 인생 전체를 이미 행복으로 물들이고 있다.

세상이 더 좋아지려면

주인공이 아닌 빌런의 말을 들어라. 현재가 좋은 세상이 아니라면 주인공은 여기에 얽매여 있고(그들은 주변의 기대가 커서 이것저것 재고 따져 운신의 폭이 좁다), 빌런은 현실에서 보다 자유로우니(그래서 누구의 눈치도 안 봄) 그들의 말이 모두를 위해(특히 다수의 약자를 위해) 더 해결 지향적일 수 있기 때문이다.

내놓은 자식이라 말과 행동에 거침이 없다. 따라서 그들이 더 언행 일치를 감행한다. 신념의 흔들림 외에 그들을 제약하는 건 없다. 그들은 곧은 신념으로 살아간다. 그들의 언행에 한계가 없다 보니 전율 속에서 흥분의 도가니로 우릴 몰아넣는다. 반면, 주인공은 만인의 기대에 충실히 부응해야 하고 이미 가진 게 많아 탁 내려놓고 리셋하기가 쉽지 않아 그들의 말과 행동은 제한된 범위 안에서만 행해져 안 봐도 뻔할 뻔 자여서 스테레오타입이다.

정신 나간 사람의 말을 들어라. 정상인이 이끄는 이 세상에 불만이라면 정상이 아닌 제정신이 아닌 사람이 더 좋은 세상을 지향하고 있기 때문이다.

정상인은 이미 기득권으로서 지금 누리는 것을 움켜쥐고 놓으려 하지 않는다. 따라서 그들은 문제의 해결이 아니라 엉뚱한 소리만 한다. 그들 말을 들은 사람은, "지금 무슨 소릴 하고 있는 거야?" 하기 십상이다. 문제가 있어도 그걸 문제라고 생각하지도 않고 문제라도 자기에겐 별문제가 아니라서 그냥 덮고 가려 한다. 이들에게 덕지덕지 붙어 있는 것을 스스로 떨어내기 전까진 진짜 바른 소릴 못 낸다. 제정신이 아닌 사람은 단지 지금 주류가 아니기 때문에 그렇게 불리는 것뿐이다. 오히려 그들이 더, 정신이 똑바로 박혀 있을 수 있다. 따라서 더 좋은 세상을 건설하는 데에 있어 그들의 말이 더 옳을 수 있다.

그 문제와 무관한 사람의 말을 들어라. 지금 문제가 있다면 그것과 관계있는 사람도 당연히 문제인데 그렇다면, 문제와 떨어진 사람이 지금 문제의 본질을 더 잘 파악하고 해결에도 도움이 되기 때문이다. 당사자들보다 제삼자가 문제를 더 정확히 본다. 현실 문제에서 홀가분한 사람의 말이 옳은 경우가 더 많다. 기후 위기에서 그레타 툰베리가 강대국들보다 문제의 핵심을 더 잘 본다. 따라서 그는, 문제(신냉전)와 무관한 사람이기 때문에 그의 말대로 하면 지구 환경이 더 좋아진다.

여기서 공통점을 찾는다면, 빌런도 그렇고 정신 나간 사람도 그렇고 관계없는 사람도 그렇고, 그들은 지금의 문제에 얽혀 있지 않고 그걸 힘겹게 끊고 빠져나와 외부에서 그 문제들에 어떤 치우침도 없이 (사견을 물리치고) 마치 남 일인 양 느긋하게 그걸 지켜보고 있다는 점이다. 그들은 지금뿐 아니라 미래의 가치도 중시한다. 그들은 다른 생각 안 하고 그저 순수하게 더 좋은 세상만 바랄 가능성이 더 크다, 마치 어린이처럼.

실은 어린이 말대로만 하면 문제 될 것 없이 세상은 분명 더 좋아진다. 문제를 만드는 건, 언제 어디서나 골칫덩어리 어른들이다. 그리고 어린이는 쓸데없는(더 좋은 세상이 절대 아닌) 문제를 만드는 어른과 다른 동떨어진 세계에 살고 있다.

아, 이게 가장 중요하다고 보는데

사람마다 자기 인생에서, 가장 중요한 게 다르겠지만 누구나 하나쯤은 가지고 있을 수도 있고 아니면 너무 많아 고를 수 없거나 막상 지금 고르려고 하니 생각이 하나도 안 날 수도 있다. 또는, 남들이 흔히 말하는 걸 자기 것인 양 착각할 수도 있다(이런 사람은 자신을 알려고 노력해야 한다).

그러다가 어느 순간 문득, 그건 사실 내게 너무나 중요한 문제이기 때문에 "내게 살며 가장 중요한 게 뭘까?" 다시 묻게 되고, 그 순간 찾아냈다고 해도 시간이 흘러 변할 수도 있고 고정되어 평생 그걸 끌고 갈 수도 있겠다. 그러나 없는 것보다는 있는 게 선택의 기로나 갈등의 순간에 기준으로 삼을 수 있어 오랜 고민 없이 자신에겐 보다 간편하다 할 수 있겠다.

내 개인적으론, 이게 안 변한다고 생각한다. 자기가 고유하게 가진 걸 실현하는 것(흔한 말로, 자아실현), 그러니까 자기의 타고난 기질을 갈고닦아 자기 힘으로 뭔가 성취하는 것. 당연하다고 생각하겠지만, 흔하고 단순한 게 진리인 경우가 많기 때문에 다시 그 중요성을 강조하고자 한다. 남이 아무리 중요하다고 말해도 자기가 일정한 과정을 거쳐 체화하지 않고 체득하지 않으면, 즉 내 것이 되지 않으면 그 중요성을 대개는 모른다. 이런 과정을 거쳐야 그 말이 내게 왜 중요한지 그제야 비로소 깨닫고 그것이 정녕 내 것이 되는 것이다.

이건 잘 변하지 않기 때문에 갈등의 순간에 선택하는 기준으로 삼을 수도 있고 그걸 넘어 내 기질이기 때문에 멈추지 않고 꾸준히 할 수 있다. 남들은 그러는 날 보며 "그거, 지겹지도 않냐?" (나는 그냥 하는 건데도), "어떻게 그렇게 지치지도 않고 꾸준히 할 수 있어?"라고 말하는 것. 이걸 살리며 살자는 것이다. 자기 것을 깨닫고, 내 인생 과정에서 다른 것에 묻히지 않고 실현해야 한다는 것을 말하고 싶다.

(일부러 노력하지 않고 즐기며 꾸준히 하니 잘하지 않는 게 더 이상하지만) 그게 대개는 남보다 더 잘할 수 있는, 내게 있어 유일한 것일 수도 있고 특별한 노력 없이 힘들이지 않게 하면서 나는 그 순간, 모든 스트레스가 해소되고 행복하기까지 하게 된다. "난 수학이 가장 쉬웠어요." 같은 거. 이런 사람이 수학과 거리가 먼 딴짓을 하면 그는 사실 인생을 허비했다고 봐야 한다. 물론 사회에서도 이런 게 자연스럽게 발현되게 그 환경을 조성해야 함을 물론이고, 사실 이런 사회가 성숙하고 살만한 사회다. 이런 걸 못 하게 막는 사회가 있는데, 그건

최악의 사회이고, 개인에겐 지옥이나 다름없다. 물론 막고 있다는 것 자체를 모를 수도 있다. 아니면 알고도 그러나? 국민을 바보 멍청이로 만드는 우민정책의 일환으로. 숙달된 문제 풀이 기술자에게만 유리한 객관식이 아니라 사유가 필수인 바칼로레아 프랑스식 주관식을 내면 정권에 고분고분하지 않으니까.

　가만히 있으면 퇴보하는 것 같으니까(그래, 이리저리 움직이면 불안이 좀 가시니까) 뭔가 열심히 하려고 하는데(사실 이런 사회가 개인의 기질을 막는 걸림돌일 수 있다. 차라리 가만히 내버려 방임하는 사회가 그나마 낫다고 할 수 있겠다), 자신이 진짜 하고 싶어 그러는 것인데도, "요즘엔, 이게 대세야! 그러니 그리로 가면 안 돼." 하며 소를 몰 듯이 멀쩡한 사람에게 사회적 출세라는 코뚜레를 씌워 자기가 원하는 곳으로 질질 끌고 간다. 그러나 당사자는 자기 기질에 맞지 않아 하긴 하면서도 불만이고 동기 부여도 안 되어 불행 속에 자본주의 상품처럼 남에 의해 원격 조정되는 아바타처럼 의욕 없이 살아간다.

　그걸 나는 살며 가장 중요하다고 생각한다. 다시 말해 자신이 좋아하는 것, 하면 시간 가는 줄 모르고 하다 보니 더 깊게 파고들면서 자신만의 지평을 열고, 어떤 경지에 올라 자기 특기와 개성을 맘껏 살릴 수 있는, 이걸 잊지 말고 하자는 것이다. 그걸 알아냈으면 다른 것보다 우선으로(다른 것에 밀리지 말고) 꼭 해야 한다고 본다. 자기 기질에 맞지 않는 것에 기회를 빼앗겨 그것에 쓸데없이 에너지를 낭비해 막상 그걸 할 땐 기력이 다해서 하지 못하는 상황은 절대 만들지 말자는 거다.

　그 순간은, 자기 인생에서 가장 보람 있고 행복한 순간임은 말할 것도 없다. 이런 개인이 여기저기서 우후죽순처럼 돋아나고 훌륭한 지도자 또한 모든 정책의 초점을 이런 걸 권장하고 육성하는 사회 분위기 조성에 둔다면, 분명 노벨상도 멀지 않을 거고 어느 순간 수상자가 봇물 터지듯 우르르 쏟아지는 임계점을, 맞이하지 않을 수가 없을 것이다. 교육의 초점도 실은 '킬러 문항' 빼는 게 아니라 여기에 둬야 한다. 솔직히 각자 타고난 개인의 능력 발휘를 방해하는 교육은 지식을 머리에 쑤셔 넣기만 잘하는(AI 시대에도 맞지 않고, 그건 AI가 훨씬 월등하다) 일부만을 위한 것이므로 전인 교육의 관점에서 봤을 때 당장 그만둬야 한다.

상대적 불행

하루는 포털 뉴스를 접했는데, 청주 미호천(전에 여기로 소풍 간 적이 있다. 미호강으로 변했다는데 미호천이 더 입에 잘 붙는다.) 지하차도에 갇혀 진흙탕에서 숨져간 사람들은 그 순간 물이 공포 그 자체일 터였다. 동시에 또 다른 뉴스에선, 서울 석촌호수 롯데가 주최한 물 축제에서 그야말로 환희에 찬 물놀이가 한창이다.

다른 화면은 또 어떤가. 탑 오브 탑 셀럽처럼 무전기를 찬 검은 양복의 경호원들을 줄줄이 끌고 다니며 명품 쇼핑이라니? 공무원은 비상 근무시켜 놓고 자기는 그 시간에 골프 치고, 그래도 떳떳하단다. 정치인은 이미지 관리로 먹고산다지만, 하긴, 거기선 충분히 그럴 만하니까 그랬다고 생각한다. 이런 생각을 안 하려 해도 미호천 불행이 이것들과 겹쳐 더 참담하고 안타까운 건 어쩔 수 없는 것 같다.

'상관없는 나도 이럴진대, 그 사진들을 보는 수해 유족들은 그 심정이 오죽하랴!'

이게 오늘을 사는 우리의 불행이다. 통곡으로 얼룩진 초상집 바로 옆에서 잔치를 벌이며 함박웃음을 짓는 시대. 강 건너 불구경하는 것도 모자라 불난 집에 부채질하고 기름을 붓는 시대. 마치 옆의 불행으로 내 행복은 배가 되고, 그것과 반비례해 네 슬픔은 수직으로 하강하는 내 슬픔에, 차라리 보이지 않으면 좋으련만 바람과는 다르게 폭력적으로 내 눈앞에 그대로 전개된다. 서로 연관이 없지만 옆에서 펼쳐지니 비교되지 않을 수 없다.

그렇게 되면, 그 존재 자체가 내 불행의 씨앗이 된다. 그러니 이런 환경에서, 타인에 대한 배려와 존중이 가당키나 한가? 남의 불행을 딛고 내 행복만을 구축하는 이곳에서라면 만물이 소생하는 봄에 자살률이 증가하고, 지방은 소멸 위기지만 수도권의 인구 과밀화와 경쟁 심화로 초저출산은 심각한 수준이고 행복 지수는 끝없이 추락한다. 남의 화려한 모습에 내 초라한 모습이 쉽게 대비되는 현장이다.

이 현장에선 실제, 욕하면서 보는 막장 드라마처럼 그들을 겉으론 혐오하지만 모방하려 서로 앞을 다툰다. 이런 문제의 실마리에 대한 전문가들의 조언은 지방을 나시 살리는 것이란다. 그러나 그들의 꾸준한 호소는 현실 문제의 소음 속에서 지워져 버리고 만다.

전엔 한 마을에 초상이 나면 동네 전체가 같이 슬퍼하고 옷깃을 여미 애도하고 너도나도 모자란 일손을 도왔다. 자기 집 잔치도 뒤로 미뤘다. 아이를 낳은 기쁨을 그대로 안고 감히 문상 갈 엄두를 내지 못했다. 슬픔을 이웃과 함께하려 자신의 달뜸을 억누른 것이다. 없이 살았어도 그렇게 불행하진 않았다. 동네 전체가 슬픔을 나누고 기쁨을 함께했기 때문이다.

남의 사정 따윈 아랑곳없는 지금은 네 불행과 내 행복이 동시에 펼쳐지는 상대적 불행의 시대다. 불행은 더 깊어지고 행복은 급상승한다. 위아래를 향해 각자 끝 간 데 없이 극과 극으로 치닫는다.

이런 상대적 불행을 조금이라도 극복하려면 나라 살림의 향방을, 상부를 밀어 하부를 메우는 쪽으로 놓아야 한다. 기울어진 운동장을 바로 세우는 방향으로, 승자 독식을 막는 방향으로.

인간의 본성은 욕하면서도 막장 드라마를 곁눈질하는 것이기에 이를 자제시키는 국가의 역할이 무엇보다 우선으로 요구된다고 하겠다. 그리고 그 옛날, 온 마을이 기쁨과 슬픔을 나눴던 그 지혜를, 다시 모아 보는 것도 좋으리라.

자기 몫의 인생이나 제대로 살아라

일전에 소설 〈용의자 X의 헌신〉을 읽었는데 생각거리를 많이 제공해 주었다.

이시가미가 야스코를 너무 순수하게 사랑한 나머지 전 남편을 살해한 것을 숨기기 위해 그녀도 모르게 노숙자를 죽였고 자신이 다 뒤집어쓰고 혼자만 감옥에 가려 했지만 그런 수학 같은 순수한 사랑에도 불구하고 하나오카 야스코는 결국 자수한다. 왜 그랬을까?

여기서 이시가미 데츠야는 중대한 실수를 했다. 빈틈없는 자신의 논리적 틀에 남을 넣어 조종했기 때문이다. 그게 아무리 좋아도 자기가 아닌 남을 자기 틀에 맞게 조종하는 것은 인간 사회에선 있을 수 없는 일이다. 자기가 뭐라고, 함부로 남을 조종하나? 설령 자기 기준(이건 자기 기준에 불과)으로 잘못된 길을 가는 것 같아도 그를 함부로 조종할 권리는 누구에게도 없다. 그가 어떻게 될지 누가 아나? 설령 일반적 기준으로 잘못 가는 것 같아도(그건 합의된 사회적 룰로 제재받아야지, 개인이 임의로 할 수 있는 건 아무것도 없다.) 그 몫은 그에게 있지, 절대 나에게 있지 않다. 나는 내 몫의 삶만 살면 된다. 내 삶이 고유하듯이 상대도 그렇다. 남의 삶에 내가 가치를 매길 수도 없다.

 자기 틀에 맞게 조종할 수 있는 것은 인간 사회에서 오직 자기 자신뿐이다. 아무리 천재라고 해도 자기 틀에 남을 집어넣으려 하면 그 발상부터가 옳은 게 아니다. 인간 사회에서 자기 위에 사람 없고 자기아래 사람 없다. 그냥 타고난 자기 자신으로 살아가게 둬야 한다. 신도 아니면서 남을, 자기 틀에 넣고 흔들어선 안 된다. 그를 자기가 만든 우리에 넣고 지켜봐선 안 된다. 그를 실험 도구로 삼으려는 불순한의도가 숨어 있기 때문이다. 실제 그건, 자기가 상대보다 더 우월하다는 비뚤어진 자기만족에 불과하지, 상대에게 어떤 도움도 안 된다.
 그게 설령 자식이라도 남의 인생에 너무 간섭하고 틀에 넣어 조종하려고 들면 사달, 즉 초등 교사 죽음 같은 일이 벌어지게 되어 있다.자식을 너무 자기 틀에 넣고 조종하려고 하니까 그 기운이 애먼 교사를 괴롭히는 데까지 뻗치는 것이다.

 소도 처음엔 새끼를 낳으면 혀로 털을 핥아주고 사람이 접근하면뿔로 뜨려다가 송아지가 소가 되면 마치 소 닭 보듯 하고 나중엔 자기새끼하고 뿔을 서로 받으며 싸우기까지 한다. 그냥 혼자 살아가게 두는 것이다. 조종하던 자기 틀에서 이젠 놓아주는 것이다. 아니, 아예그 틀을 만들지 않는 것이다. 이젠 자기 새끼가 아니라 자기와 동등한, 어엿한 한 마리의 소로 인정하고 대우하는 것이다.
 이게 자연과 생명의 이치다. 때가 되면 놓아주는 거. 계속 자기가 만든 틀에 넣고 감시하며 붙잡지 않는 거. 진상 학부모가 아직도 교사를 내 아이(금쪽이)만 칭찬 스티커를 못 받았다며 자기 자식 홀대한다고 '아동 기분 상해죄' 같은 거로 악성 민원을 넣고, 시도 때도 없는 문자와 호출로 갑질("○○ 학번 교대 졸업생들이 수능을 잘 봤으니 담임은 그 학번으로 해달라", "아이들 지도에 문제가 없게 출산은 방학 중 해 달라", "교사 자격이 없다." ← 그런 자기는 학부모 자격이나 있고?)하며 괴롭히는 것은 소보다도 못한 짓이다. 아직 겉으로만 인간이지 동물의 섭리조차 어기는 망나니다. 자연의 순리를 어그러뜨리는 것이다. 그러다 둘 다 망하는 수가 있다. 아니, 사회 전체가 다. 자연의 궤도를 벗어난 죄로.

그리고 이제 교사도, 박정희가 1963년 만든 교사의 '정치적 시민권 박탈'의 틀을 깨부수고 정치적 시민권을 회복해야 한다.

"교사는 교육의 주체로서 국가 발전을 견인하고 사회 진보를 주도하는 지식인이다. 교사는 또한 교육개혁의 수동적 객체가 아니라 능동적 주체가 되어야 한다. (……) 요컨대, 교권 회복을 넘어 정치적 시민권을 복원해야 한다."

– 한겨레 신문 23년 8월 2일 자, 김누리 중앙대 교수 칼럼
'교권을 넘어 정치적 시민권으로' 중에서

상대가 설령 틀에 넣어져 조종당하는 것을 모른다 해도 그걸 당장

멈춰야 한다. 그도 나처럼 하나의 인격체다. 이건 인간 사회에서 침해해도 침해당해도 절대 안 되는 존엄한 가치다. 한 개인뿐 아니라 집단이나 조직이 내 의지를 쥐고 흔들려고 하면 가열하게 저항해야 한다. 솔직히 개인이 있고 난 다음 국가가 있다. 몇 명이 모여 이해가 맞으니까 국가라는 형태를 구성한 것이다. 그런데 처음 만든 취지대로 안 하고 엉뚱한 짓을 하면 못하게 하거나 그게 안 되면 독립해야 한다. 전에 소련에서 동유럽 국가들이 줄줄이 독립한 것처럼. 개인에게 있어, 이상적으로는 집단의 어떤 간섭도 받지 않는 무정부상태가 최상이지만, 인간은 그렇게 깨어있는 사람만 있는 게 아니기 때문에 현실적으론 꿈에 불과하다.

그 틀에서 벗어날 수 있도록, 아닌 감히 그 틀을 만들어 그 안에 나와 시민을 넣지 못하도록 해야 한다. 그러나 천재 수학자 이시가미가 자신의 틀에 야스코를 넣고 흔들어도 모른 것처럼 각성(자신을 연구하면서 동시에 인간이 만든 사회도 연구)하지 않으면 그 틀에 내가 갇혀 있고 그 틀이 존재하는지도 모른다. 국가는 헌법의 이름으로, 이 틀을 만드는 짓을 멈춰야 한다. 제대로 된 국가라면 그래야 한다. 안 그러는 국가는 그냥 놔두면 안 된다. 내 주체성과 인간으로서의 존엄과 가치를 훼손당할 수 있기 때문이다. 국가가 국민을 입맛에 맞게 틀에 넣어 조종하지 않고 개인의 존엄과 가치를 지켜주려 노력하면 오히려 나라가 더 융성해진다. 틀에서 나오며 생긴, 각기 개성의 발현이 나라의 활력과 풍요로 이어지기 때문이다. 태평성대를 누린 요순시대엔 왕과 나라가 있는지조차 몰랐다. 대신 국가가 국민을 틀에 넣고 억압하면 여기저기서 민중 봉기가 일어나고 농민 반란이 창궐해 국가 전복 세력이 들불처럼 일어났던 역사가 그걸 분명히 증명해 주고 있다. 그런데 억압받는 백성 입장에서, 이건 절대 폭력이 아니라 인간으로서 최소한의 천부 권리를 회수코자 하는 정당한 저항 운동이었다.

인간은 모두 주체성을 갖고 자기가 선택한 삶을 살아가야 한다. 자기는 그냥 자기에게 주어진 것만 하면 된다. 자기에게 주어진, 천부적 개성을 발현하며 살아라. 이게 최선의 삶이다. 자기 틀에 넣고 남을 조종하는 것보단 이게 훨씬 쉽고 너도나도 모두 행복해지는 길이다. 또한 각자 피안(彼岸)의 세계에 이르는 지름길이다.

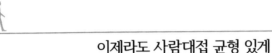

이제라도 사람대접 균형 있게

독립운동을 했던 사람을 받드는 것은 그들 혼자 고독하게 어려운 길을 걸어왔기 때문이다. 그때나 지금이나 큰 주류에 반기를 드는 건 쉬운 게 아니다. 자기와 가족의 희생을 감당해야 할지도 모르기 때문이다. 그 후손까지도. 그런데도 많은 이웃을 위해 자기 한 몸 바쳤다. 그들은 현실에 충실하기보단(단세포적 동물성, 기회주의) 세상을 좀 더 좋게 하자는(부정의 거부, 주체성 회복) 자기 신념에 충실했다.

그러나 친일파는 자기 이익만 생각해 그저 시류를 타서 편한 길만 갔고 그 때문에 다른 사람들은 큰 고통을 겪었으므로 그들을 인간 중 하급으로 치는 것이다. 이들은 참고 견디고 뭔가 남을 위한 순수한 희생 같은 인간만의 고차원적 특징을 훼손했다. 그래서 다른 사람이 갖고 있을지도 모를 인간에 대한 희망과 믿음을 앗아갔다. 이들은 인간 수준을 동물 수준으로 끌어내린 일등 공신이다. 자기를 위해 나라를 팔았기 때문에 다른 백성의 자부심에도 큰 흠집을 냈다. 그건 지금도 치유되지 않고 있다. 그 당시 뭔가 한자리해 먹었으면 자기만 생각해 편한 길만 걸었다는 증거다. 어떤 이상도 없이 자기 몸 하나 편하고자.

정승 집 개가 죽으면 상갓집에 사람들로 문전성시를 이루지만 정작 정승이 죽으면 개 한 마리 얼씬거리지 않는다는 말이 있다. 세상 참! 올 광복절에 초상이 났는데 광복절 행사로 만세를 부르다가 초상집에 당도하고는 금방 우울 모드로 급선회하는 인간들이 있다. 변신의 귀재들이다. 그 집에 자기가 일등으로 안착했다며 눈도장을 찍으려고 카메라에 얼굴을 들이대는 자는 대개 간신배로 보면 크게 틀리지 않는다. 그건 꼭 자신만을 위해 행동하는 친일파를 닮았다. 막상 정승이 죽으면 코빼기도 안 비친다. 거기엔 이제 떡고물이 없음을 잘 알기 때문이다. 이런 부류들은 이태원 추모 같은 덴 영양가가 없다며 얼씬도 안 하고 권력 냄새나는 주변만 킁킁거린다. 이런 이들의 행태를 보고 있노라면 이 속담이 새삼 진리임을 깨닫게 된다.

그때(일제강점기) 자기만 편했고 남은 고통받았고, 반대로 자기만 고통받았고 결과적으로 남에게 도움 올 준 사람을 지금 와서 다시 제대로 평가하자는 것이다. 그때 즐거웠던 인간은 고통을 받게 하고(이들은 대개 있을 만큼 있는 자들이었고 배울 만큼 배운 자들이었기 때문에 더욱더 응분의 대가를 치르게 해야 한다. 왜냐면 대개 그들은 소위 유지들(지금으로 치면 공인)이기 때문에 백성들에게 더 안 좋은 영향을 주었기 때문이다.) 고통받은 사람은 지금 즐거움을 주자는 것이다. 이제라도 균형을 확실히 잡아야 한다. 눈에는 눈 이에는 이다. 나쁜 놈 혼내주고 좋은 일 한 사람 칭찬하자는 건데, 이게 엉망이면 애들이 뭘 보고 배우겠나.

시류에 편승해 자기 몸 하나 건사하는 데만 관심 있는 자와 자기 한 몸 돌보는 데엔 영 젬병이고 사회를 더 낫게 하는 데만 관심 많은 사람 중 결국 누가 더 나에게 도움이 되겠는가. 곰곰이 생각해 봐야 한다. 막연히 국민 대다수가 친일파를 싫어하는 것 같고 독립운동가를 찬양하는 것 같아 나도 같이 따르는 차원이 아니라 누가 더 실제 내게 도움이 되었나, 생각해 봐야 한다.

이들이 비록 이상 실현(진정한 독립)에 실패했더라도 이들은, 그 존재 자체만으로 우리에게 큰 힘과 도움을 주었다. 끝없이 일제에 저항한 독립운동가가 많은 게 좋은가. 변변한 저항 한 번 못 하고 친일파만 득실거리는 게 좋은가. 어느 게 더 우리 자부심 유지에, 도움이 되었겠나? 냉정히 생각해 봐라. 해외에 나가 한국으로 고개를 돌려.

태어나는 것도 양극화

태어나는 것도 이제 양극화(兩極化) 시대다. 중간이 없다.

중간층이 사라져, 최상과 최하를 흐리멍덩하게 만들, 중산층의 애들은 이제 태어나지 못한다. 내 편도 네 편도 아닌, 둘이 싸울 때 중간에서 중재하고 말릴 애들이 점점 사라지고 있다.

일단 태어나면 천문학적 에너지가 들어가거나 아예 어디서 사는지도 모르게 방치해 버려야 하는데 그럴 자신이 없는 것이다. 이 둘 중하나를 선택해야 하기에 희미하게 남아 있는 중간층마저 겁이 나서아예 애를 낳지 못한다. 최상으로 기르기엔 내 처지에 가랑이 찢어질일이고, 잘못하면 최하로 전락해 평생 그 짐을 지고 갈까 봐 두려운것이다. 그러니 중간층은 점점 씨가 말라간다.

요즘은 심리적인 중간층마저 사라져 가고 있다는 느낌이다. 전엔 경제적으로 분명 중간층이 아닌 빈곤층인데도 자신이 어느 계층에 속할 것 같으냐고 물으면 중간층이라고 자신 있게 답하는 사람들을 여럿 봤다. 그의 말뜻은 곧 중간층이 된다는 말이다. 그럴 가망이 있는 희망으로 살아간다는 말이다. 그러나 지금은 분명 객관적으로 중산층 이상인데도 언제 극빈층으로 곤두박질칠지 모른다며 자신은 절대 중간층이 아니란다. 이건 요즘 점점 신분 상승 가능성이 희박해져 가고 있다는 것을 방증하는 것이리라.

전엔 어디 가서 자신이 가난하다는 말을 자랑까진 아니더라도(자랑하는 사람도 분명히 있었다.) 떳떳하게 말했다. 그런 말을 하는 그의 속마음은 이런 것에 가깝다. 비록 지금은 내가 가난해도 이렇게 열심히 일하고 있고 곧 그래서 지금보단 더 낫게 살 수 있다는 것을 보여줌과 동시에 자신의 사람 됨됨이를 은연중에 자랑하고 싶은 것이리라. 여기서 '사람 됨됨이'가 뜻하는 바는 내가 비록 불우하게 커왔지만 지금 이렇게 이 자리에 당당히 서 있고, 그저 평탄한 삶을 살아온 것 같은 너희들과 대등한 위치에 이렇게 와 있음을 좀 봐달라는 것이다. 그 어려움 극복과 자기 노고(남의 도움 전혀 없이 오직 스스로 이룬 것)에 대해 칭찬받고 싶다는 뜻이다.

그러나 지금은, 중간층에도 들지 못하는데 절대 자신이 가난하다는 말은 안 한다. 그래 겉으로 드러날 수밖에 없는 옷, 액세서리 같은 것 가지고는 상대의 가난을 파악할 수 없다는 말도 있다. 경제적으로 넉넉지 않은 사람일수록 옷을 더 잘 입고 다닌다고 것이다. 옷뿐 아니라 카푸어, 명품이나 해외여행에도 그럴 형편이 아닌데도 남들 하는 건 다 하려 한다는 것이다. 자격지심을 외양으로 커버하겠다는 의지가 겉으로 드러난 것이리라. 실은 그들을 이렇게 할 수밖에 없게 만든 것에 사회적 분위기가 한몫하고 있음은 말할 것도 없겠다. 지금 그런 사람은 비난받을 게 두려워 가난하다는 말을 함부로 하지 않는다. 이 것도 그 자리를 벗어날 가망이 없는 사회의 변화상을 반영한 거라 하 겠다.

부모가 누군지도 모르는 근본 없는 애들과 거부라는 걸 받아 본 적 이 없는 부잣집 도련님 같은 온실 속의 화초만이 세상을 떠돈다. 사회 에서 규정하는 최선과 최악만이 존재하는 세상이다. 정치적인 진영 도 중간은 없고 양 끝단만 존재한다.

천박한 사회가 이미 규정해 놓은 말이지만, 근본을 모르는 애들은 더 심하게 비교되는 사회를 살아갈 수밖에 없어 그 분노가 치밀어 올 라 억울하다며 '묻지만 범죄'로 보복하려 든다. 왜냐면 전혀 준비가 안 된, 이런 나를, 마구잡이로 세상에 내보낸 부모를 원망하고 나에 게 전혀 친절하지도 관대하지도 않은 사회를 원망한다. 자신만 억울 하다며 세상에 앙갚음하면서도 뉘우치기는커녕 오히려 이것으로 이 제 공평하게 되었다며 흰 이를 드러낸다.

인간의 감정은 결국 파고들면 공포와 분노만 남는다는데 단순하게 이 둘만 가진 인간들만 득시글거리게 되었다. 이것만 남아 있는 곳은 인간 사회가 아니라 동물 군집에 불과하다. 두려움에 떨고 있는 자와 분노로 이를 가는 인간들만 눈에 띈다. 풍부한 표정을 만드는 다양 한 감정을 가진 중간이 없다. 인간 감정 중엔 그것만 있는 게 아니라며, 이들이 그것을 희석해 무지갯빛 감정의 본보기를 보여줘야 하는데, 정작 그들은 점점 이 세상에서 사라져 가고 있다. 참으로 불행하기 짝이 없는 세상이다.

결국 둘 다 불행한 인생을 살아간다. 최상은 언제 길거리에서 정신 이상자한테 칼이나 너클에 희생당할지 모르고 최하는 일생에 자신이 단 한 번도 행복한 적이 없다며 "남들도 나처럼 불행하게 만들려"고 복수의 칼날을 시퍼렇게 간다. 앞으로 이게 더 심화할 것이다. 사회가 건강하게 유지되려면 허리에 해당하는 튼튼한 중간층이 두꺼워야 하는데 글쎄, 현실은 그럴 가능성이 점점 희박해져 가고 있다.

이게 누구 탓인가? 물론 영향력이 큰 사회 지도층이 가장 큰 문제인데 그들마저 정신이 똑바로 박혀 있지 않은 것 같다. 아, 그리고 심리학에서 떠드는 소리를 가만 듣고 있노라면 결국 이들(최상과 최하)을 교정해 중간층이 되라는 소린데 사람은 쉽게 변하지 않는다는 것을 생각하면 무책임하거니와 중간층이 태어나지도 못하고 그 씨가 말라가는데 무엇을 기준으로 삼는단 말인가. 그리고 이게 어디 개인 혼자만의 일인가. 사회 구조적인 문제다.

그래, 사회 구조를 송두리째 뒤흔드는 개혁이 필요하다. 이에 앞서, 그런 생각을 실현할 강철 이론과 불굴의 의지를 가진 훌륭한 지도자도 반드시 우리가 배출시켜야 함은 말할 필요도 없겠다.

세상에 머무는 동안

아무리 각자도생 세상이라지만 한 개인이 이 세상에 태어나 흔적 없이 사라지려면 부모가 가고, 내가 가고, 자식까지 가야 한다. 왜 아직도 혈연을 중시하냐고 하지만 실제로 이렇게 돼야 일단락되기 때문에 나는 아직도 혈연을 붙잡고 있지 않을 수 없다. 인간은 아직 현실을 외면했다간 제대로 살아갈 수 없기 때문이다.

살면서 부모에게 항시 관심 둔다. 부모는 내가 자식이라 나를 더 걱정한다. 이건 내가 자식 걱정하는 것에 비해 부모를 덜 걱정하는 것을 보면 안다. 그래도 자식은 좋은 것으로 건 나쁜 것으로 건 부모를 항시 의식하지 않을 수 없다. 이미 피로 맺어졌기 때문이다.

내가 새로운 짝을 만나 장가를 가고 시집을 갔어도 친부모를, 그들이 생존해 있는 한 신경 쓰지 않을 수 없다. 천륜(天倫)이 나에게 그렇게 하도록 강제하기 때문이다. 부부는 천륜에 비교해 인륜(人倫)이라 한다. 이는 곧 인륜은 자기 의지로 어떻게 되지만 천륜은 자기 의지가 안 먹힘을 말하는 것이다. 그냥 세상이 주는 대로 받아들여야 하는 것이다. 그런 운명이 내게로 왔다. 그러니까 부부의 연은 이 사회에서 철회가 가능하지만 천륜은 그게 안 된다는 말이다.

부모를 그렇게 하지 않을 수 없는 게, 원망하고 서운해하다가도 그래도 이 세상에서 나의 존재를 항시 걱정해 주는 사람은 부모밖에 없다는 걸 알기 때문이다. 아니 그것에 우선해, 피가, 유전적·본능적으로 작동한다. 이 세상 하늘 아래, 부모 외에 나를 그만큼 사랑해 주는 사람은 솔직히 없다. 그건 절대 인정하지 않을 수 없다.

그들은 내가 미우나 고우나 언제나 내 편을 들어주었다. 세상에 그런 사람 또 있을까? 없다. 봉준호 감독의 영화 〈마더〉와 〈마스크걸〉을 보면 이해가 쉬울 것이다. 여기선 너무 극단적이고 비뚤어진 부모의 사랑이지만 여하간, 자식에 대한 부모의 사랑은 그 누구도 못 당한다. 천하무적 그 자체다. 요즘은 자기 삶이 먼저라는데, 그게 말처럼 쉬운 것도 아니다. 모든 희생과 헌신, 사랑의 대상은 결국 자식이다. 여기에 더해 '여자는 약하지만 어머니는 강하다'라는 말도 같은 맥락이겠다. 자식에 대한 맹목적이고 무조건적 사랑이다.

사실 부모가 모두 저세상으로 갔을 때, '이 세상엔 나를, 내 부모만큼 걱정해 주는 사람은 이제 단 한 사람도 없구나.' 하고 새삼 깨닫는 순간 나는 갑자기 외로움에 사로잡히고 한밤중에 잠에서 깨어나 고독에 휩싸인다. 이 칠흑의 우주 공간에 나 혼자 남아 있다는 절대 고독이 나를 엄습한다.

부모가 갔고 내가 남는다. 그럼 자식들이 나를 부모로서 내가 부모에게 관심 둔 것처럼 나에게 신경 써 준다. 그들이 나를 좋아하건 아니건, 그들의 신경에서 나를 맘대로 빼낼 수 없다. 부모 같지도 않으니까 입으론 인연을 끊어야지 하지만 속까지 그걸 다 지워 버릴 수 없는 것이다. 왜냐면 부모와 자식 사이이기 때문이다. 이유는 그것뿐이다. 천륜.

그러다가 나이 들었거나 사건 사고, 병이 들어 내가 드디어 이 세상을 떠난다. 그럼 자식들이 내 제삿날에나마 나를 그들의 기억에서 소환해 낸다. 아니 기일이 아니더라도 뭘 하다가 불쑥 나를 떠올릴 때가 있을 것이다. 문득 내가 이 세상에 이제 없는 부모를 가끔 떠올리는 것처럼.

그리고 내가 낳은 자식들까지 이 세상을 떠나면 비로소 나를 기억하는 인간은 이제 이 지구상에 아무도 남아 있지 않다. 내 존재는 완전히 사라진다. 물리적으로든 인간의 기억에서든. 이렇게 삼 대가 지나야 나라는 존재는 인간 세계에서 거의 완전히 자취를 감춘다. 단순히 내 죽음과 동시에 그게 바로 실현되는 게 아니다.

부모, 나, 자식들 다 합해서 이 지구상에 나라는 존재가, 실존적이든 피붙이의 기억에서든 내가 태어나 부모와 함께 머물다가 자식을 낳아 그들의 기억 속에서 150년 정도 머물다가 가는 것 같다.

머무는 동안 나는 어떻게 살고, 과연 그들에게 어떻게 기억될까?

왜 다시 돌아가고 싶어 하지 않을까?

사람들한테, "지금 살기도 만만찮은데, 젊을 때로 돌아가 다시 인생을 시작하고 싶지 않냐?"고 물으면 "그 정도까진 아니다"라고 대답하는 걸 마주할 때가 적잖다. 나도 그렇다. 왜 그럴까?

이미 그걸 해 봤고 별로 좋은 기억도 아니고 내가 다시 산다고 해도 별로 달라질 것 같지 않기 때문이 아닐까. 또 대개의 인생은 고해(苦海)이듯이 그런 고달픈 삶을 다시 반복한다는 게 엄두가 나지 않아 그런 것일 수도 있겠다. 그걸 또 한다고 생각하니 벌써 지치는 것이다. "차라리 앞으로 잘 사는 게 낫겠다"고 생각하며.

그런데 돌아간다고 하면 그 시기가 왜 하필 10대나 20대일까? 그 이전도 물론 최고의 행복한 시기였긴 하지만 그땐 너무 어려서 보호자의 보호가 필요하고 아직은 의식 면에서 인생에서 뭘 선택하기엔 일러 이런 것에서 어느 정도 벗어나고 준비된 10대나 20대가 가장 적합해서 아닐까. 솔직히 이 시기가 가장 발육 면에서 왕성하고 의식적으로나 심리적으로 세상을 받아들이는 것도 다른 세대에 비해 그 진폭이 커 나중에 기억 소환에서도 큰 부분을 차지하기 때문일 것이다. 그런데 그 시기마저도 대부분 돌아가고 싶지는 않다고 하니 그보다 별로 행복할 것 같지도 않은 다른 시기는 말해 뭣 하나.

군이 이제 와 그때로 돌아가고 싶지 않은 건, 과거로 돌아가 다른 걸 선택하느니 이뤄지든 안 이뤄지든, 차라리 앞으로의 인생이나마 과거의 실패를 타산지석 삼아 다시 잘해보려는 마음이 더 강하게 작용해서 그러지 않을까. 인간은 새해 들어 늘 그게 작심삼일일지라도 새롭게 시작하는 걸 더 좋아하는 것 같다. 시작도 끝도 없는 '시간'을 구분해 놓은 것만 봐도 그걸 알 수 있다.

같은 것 없이 새로운 것으로 쭉 나아가는 게 낫지, 같은 것의 무한 반복은 사람을 질리게 하는 면도 없지 않다. 매일 틀리지 않고 다람쥐 쳇바퀴 돌 듯 반복되는 일상에서 탈출하고자, 사람들은 여행 같은 걸 통해 새로운 걸 좀 접하고자 그 반복의 지겨움에서 벗어나려고 하지 않는가. 과거로 돌아가 다시 사는 것보다 앞으로 안 살아본 삶이 사람을 더 흥분시키고 설레게 하기 때문일 것이다. 지금의 삶을 잘 살기 위해서도 가끔의 일탈은 필요한 것이겠다.

이건, 여기 이미 지나온 삶과 아직 안 가본 삶 중 선택하라고 하면 후자를 주로 선택하는 이유가 충분히 된다. 전에 갔었는데 너무 맘에 들었던 곳은 말고, 여행도 가본 곳을 다시 가는 것보단 이왕이면, 안 가본 곳을 가보고 싶어 하는 게 인간이다. 앞으로의 여생은 안 살아봤기에 혹시? 하는 마음보다 그게 덜 인간을 매료시키기 때문이다.

또한, 사람의 일생(一生)이 소중하고 가치 있는 건 그게 단 한 번뿐이라는 것도(삶을 '일생'이라 부르는 것도 단 한 번뿐이기 때문일 것이다.) 다시 과거로 돌아가고 싶지 않은 이유 중 하나이리라. 과거부터 지금까지 힘들기만 했어도('개똥밭에 굴러도 이승이 좋다'라고 합리화하면서까지. 물론 저승에 가보지도 않았으면서 이승이 덮어놓고 더 좋다고 하는 것, 그 자체가 다분히 이승에 아직 남아 있는 산 사람 위주여서 객관성 결여로 문제가 많다.) 계속 사는 쪽을 택하는 건 앞으로의 삶이 어떻게 전개될지 몰라서이지 않을까. 미지에 대한 호기심의 유혹, 서스펜스, 스릴. 이런 것에 인간은 상당히 취약한 것 같다. 개척할 게 하나도 없이 다 알게 되면 인간에게 가장 큰 고통인, 무기력이 찾아온다고 한다. 그래서 이젠 지구를 벗어나 달과 화성, 우주까지 탐험하는 거 아닌가.

〈응답하라 1988〉에서 엄마가 집을 비웠을 때 너무 깨끗하게 정돈하면 엄마가 오히려 토라지듯이 부지런히 움직이고 있는 노인에게, 슬며시 다가가 "이제, 연세도 있으신데 그만 쉬세요"라고 귀에 대고 속삭이면, 그에겐 영원히 쉬라는 소리로밖에 들리지 않을 것이다.
할 것을 빼앗기면 자신의 존재 이유까지 빼앗긴 것 같고 의욕 고갈에 빠질 수도 있다. 뭔가 신남과 호기심, 긴장이 사라지는 것이다. 요즘 경조사에 부고가 여름보다 많이 올라오고 겨울철 지나 봄철이 되면 같은 현상이 반복되는 것도 주위 환경이 더위와 추위로 사람을 긴장시켰다가 이제야 이완되어 그런 게 아닐까 싶다. 어쩌면 이게, 한국의 자살률이 전쟁 중인 우크라이나보다 높은 근거가 될 수도 있다. 아무리 살기가 힘들어도 전쟁 중인 우크라이나보다 못할까? 그러나 결과는? 이건 좀 비인간적이라고도 할 수 있는데, 그래도 이해를 돕게 말하자면 미꾸라지만 있는 어항에 메기를 집어넣는 메기효과 아닐까.

아, 그렇더라도 이것만은 아니길 바랄 뿐이다. 전쟁이 터지면 반드시 적이 있다. 그래서 싸울 의욕도 분기탱천한다. 그러나 여기 현실은, 분명 전쟁보다 못한 자살률 1위 국가이기 때문에 지옥이면서도 적은 뚜렷하게 보이지 않는다. 메기가 없어 도망이라는 목적도 사라지고, 분명한 적과 싸울 명분과 의욕이 사라지는 그런 상황. 적도 없으면서 그렇다고 전쟁통보다 쥐뿔도 나을 것도 없는 그런. 현실은, 분명 전쟁보다 못한 지옥인데 적이 없어 마땅히 풀 곳이 없다? 그게 '자기 파괴'로 나타난 게 아닐까. 이게 방향을 틀어 밖으로 향하면 '묻지 마 범죄'가 된다. 이렇게 인간은 현실에서 마땅히 할 게 없으면 무기력에 빠져 스스로 숨을 거두거나 생뚱맞은 해프닝을 하고 다닌다.

이런 것 따위에 굴복하지 않으려면 어떻게 한다? 스스로 적을 만들어 그것과 싸워야 한다. 그러면 자기 활동이 활발해지면서 '자기 파괴'나 '묻지 마 범죄'에 가담하지 않게 된다. 도저(到底)하게 파고들어 누구도 부인 못 할 적을 만들어, 그것과 한판 붙는 삶을 스스로 일궈내야 한다. 아들이 드디어 취직하고 혼기를 넘겼지만, 이제라도 시집을 가게 되면 그 부모가 곧 돌아가시는 것도 이제야 숨을 좀 돌리고 마음이 놓여 그런 것이리라. 그래, 아직 부모 걱정 끼치게 하는 자식이 오히려 부모에게 효도하고 있다는 아이러니도 있다. 적어도 그는 부모에게 할 일을 여태까지 부여하고 그걸 놓아주지 않고 있으니까.

자식은 나이 3~6세에 부모에게 할, 평생의 효도를 다 한다고 한다. 이때가 언제냐 하면 부모의 손길이 가장 필요한 때인 것은 물론 부모를 세상의 전부라 여기고 부모에게 늘 매달리며 커뮤니케이션도 가능한 부모와 진정한 눈 맞춤이 가능한 때이다. 너무 갓난아기는 부모와 대화가 안 된다. 오고 가는 것 없이, 그저 받기만 한다. 그저 먹고 싸고 자고 울기만 한다. 그래 아이와 하루 종일 씨름한 엄마가 어른과의 대화(그 대화라는 게, 응답 없는 메아리였던 아이와의 시간이기만 했으니 퇴근한 남편이 얼마나 반가울까. 이걸 아는 남편은 아내와의 대화에 진지하게 임해야 한다. 어른의 대화 시간이기 때문이다.)가 따로 필요한 이유다.

아이가, 이 나이가 되면 부모와 어느 정도 대화가 되니 따로 어른과의 대화는 이제 불필요하게 되었다. 이 말은 아이가, 전부는 아녀도 부모의 사정을 좀 봐주기 시작한다는 말이다. 무조건 받기만 하는 게 아니라 부모에게 줄 때도 가끔 있다는 말인데, 그게 부모 입장에서 너무나 큰 가슴 찡한 눈물겨운 선물이다. 그도 그럴 것이, 그저 보채 기만 하고 달라기만 했던 애가 어느 순간부터 주기도 하니 얼마나 순간 눈이 핑 돌겠는가. 부모에게 이보다 큰 효도는 있을 수 없다. 이것 자체도 부모에겐 크나큰 고마움이며 그래서 효도다. 그 전엔 마치 엄마가 응답 없는 벽과 지내는 심정이었을 것이다. 품 안에 있어야 진짜 자식인 것이고(이때, 부모가 다른 곳에서 쌓인 피로나 스트레스를 말끔히 무장해제 시키는 역할도 한다).

그들은 가장 부모에게 자식 키우는 보람을 느끼게 하면서 행복에 겹게 만드니 이때가 부모에게 가장 효도하는 시기라 아니할 수 없다. 그러니 언제나 의기소침은 금물이다. 인간에겐 이 호기심, 할 일, 설렘, 미지 같은 게 목숨과도 직결될 수 있는 것 같다. 어릴 적, 내일이 신나는 소풍날이면 오늘 밤, 잠이 안 오고 내일 이상형의 이성과 드디어 데이트가 성사되면 하얗게 밤을 새우는 그런 떨림과 두근거림이 나를 지금 괴롭히지 않는가. 이런 게 사람에게 의욕을 심어주고 가슴 뛰게 한다. 그래서 간기약에 아무 생각 말고 잠이나 푹 자라고 '의욕 저하 성분'을 넣는 거 아닌가.

사람의 성격상, 죽지 않고 생이 무한 반복되면 미쳐버리거나 생을 여기서 그만 접을지도 모른다. 시시포스가, 언덕 위로 바위를 무한 반복하여 옮기는 일은 인간에게 크나큰 형벌이다. 그래서 니체가 〈차라투스트라는 이렇게 말했다〉에서 삶을 영겁회귀라 규정하면서도 그 안에서조차 뭔가 의미를 찾아내려고 치열하게 천착(穿鑿)했던 거 아닌가.

이미 알고 있는 과거의 무의미한 반복보단 확실히, 알 수 없는 미래가 인간에게 최대한의 도파민을 분비시키는 것 같다. 그게 살아야 할 이유를 주는 것 같기도 하고. 새로움, 신비, 약간의 두려움, 불안감, 미스터리, 역할, 들뜸 이런 게….

내 흠결을 어떻게

누구나 콤플렉스와 트라우마가 있다. 사람에겐 마음이란 게 있고 신이 아닌, 인간이 정한 가치는 절대적이지 않고 상대적이기 때문이다.

인간이 만든 모든 가치는 자기 위주이고 자기 입장에서 만들어진 것이다. 타인이 바라보는 그건, 자기가 만든 게 아니기 때문에 가치라고 할 수 없다. 만약 그가 주도권을 잡으면 그 가치는 그의 입장이 반영되고 그의 위주로 반드시 재편된다. 난공불락(難攻不落)이었던 백인 남성 중심의 가치가 지금 흔들리는 걸 보면 알 수 있다. 그럼, 지금의 가치는? 그것도 절대 믿을 건 못 된다. 지금 여기서 옳은 것은 때와 장소에 따라 언제든 변할 수 있다. 인간은 서로 상처를 주고받으며 살수밖에 없고, 그게 사라지는 순간 그는 죽은 것이나 다름없고 자신이 가해자일 때도, 피해자일 때도 있기 때문이다.

흠결을, 안에 넣어 놓고 이리저리 돌려가며 관찰하고 연구할 것이냐, 아니면 무작정 밖으로 꺼내 말썽을 일으킬 것이냐, 이것이 문제로다. 안에다 쟁여 잘 삭힌 후 더 훌륭한 음식으로 거듭날 것이냐, 아니면 사랑하지 않고 썩혀 주변에 냄새만 풍기고 먹으면 금방 탈을 내는 오물로 만들 것이냐, 이것이 관건이다.

흠결을, 자기를 괴롭히는 짐(부담)으로만 갖고 가는 사람이 있고 어차피 둘은 절대 헤어질 게 아니니까 마치 친구처럼 사이좋게 지내며 같이 더불어 살고 잘 활용하는 사람이 있겠다.

평소엔 흠결을 누르고 있다가 폭발을 일으켜 자신이 고유하게 가지고 있는 것이나 꿈을 실현하는 데 사용하는 것이다. 핵을 전쟁에 쓰지 않고, 발전에 쓰는 것이다. 위험천만한 것을, 부패시키는 게 아니라 발효시키는 것이다. 상처가 있을 수밖에 없는, 한 인간이 위대한 예술 작품을 남긴다고 할 수 있다. 어쩌면 그건 자신만 가지고 있는 고유한 에너지일 수 있다. 그러니 그건 자신만 재생, 가능하다. 다른 사람에겐 그림의 떡이다. 운전 못 하는 사람에게 롤스로이스를 주는 격이다.

그러나 남이 볼세라 억누르기만 했던 흠결을, 고약한 악취를 풍기며 사회나, 어떤 증오하는 대상에게 퍼부으면 그는 사회에서 지탄의 대상이 되고 결국 영원히 격리될 뿐이다. 그 방향을 잘못 잡은 것이다. 흠결에서 나오는 강력한 에너지의 방출 방향을 잘못 잡은 결과다.

그 방향을 어떻게 잡을 것인지는 오직 자신에게 달렸고 옳은 선택은 자신에 대한 연구에서 비롯된다. 자신을 아는 것부터다. 나를 알면 우주를 알 수 있다. 나의 구조는 우주의 구조와 통한다. 왜냐면 인간과 세상은 다, 거기서 거기이기 때문이다(겉으로만 다르지, 인간 본질은 결국 같은 조상에서 분파되었다).

"가장 개인적인 것이 가장 창의적이고 세계적인 것이다." 누군가 한 말이지만 맞는 말이다. 지극히 개인적인 영화로 세계적인 상을 거머쥐었다. '퍼서낼리티 이즈 크리에이티브 앤 유니버설'이다. 작은 것의 구조가 확대돼도 결국 그 구조의 본질엔 큰 변화가 없다. 프랙탈(Fractal)이다. 그러니 안방에 앉아서도 세상을 알 수 있다. 세상의 이치를 터득하는 것이다. 거기서 우주인 나를 판다. 속인(俗人)이 득도한 고승(高僧)에게 불안해서 흔들리는 자신의 길에 대해 묻는 이유다.

나를 모르고 남의 것에만 곁눈질하면 그는 그 흠결을 제어하지 못해 무리수를 둘 수 있다. 생각 없이 세상에 대고 마구 삿대질만 하고 고함만 지른다. 그건 그냥 세상에 뿌리는 뜬금없는 해프닝에 불과하다. 어떤 교훈도 주지 못하고, 큰 흐름 속에서 금방 사그라지는 허무한 물거품에 불과하다. 결국 자기 힘에 겨워 스스로 무너진다. 객기다. 자신에 대해 연구를 안 하니 자기만의 고결하고 강력한 에너지의 존재 여부와 그게 무엇인지, 그 방향과 활용 방법을 모른다. 대신 잘 다루어지고 관리된 내 고유한 에너지는 세상과 나에게 모두 유용하지 않을 수 없다, 틀림없이.

흠결에서 태어난 내 목소리를, 노숙자가 내지르는 듣기 싫은 소음으로 만들지, 아니면 멈춤 없는 연구 끝에 드디어 도출한, 귀 기울일 수밖에 없는, 내 통찰의 메시지로 만들지는 결국 나에게 달렸다.

출산율, 희망적인 분위기 조성이 관건

출산율이 앞으로도 점점 줄어들 것 같다. 대부분을 차지하는 소시민들이 아이 낳을 생각이 없기 때문이다. 상위 몇 프로도 안 되는 자들이 자기들만 환경이 좋다고 낳으면 뭐 하나, 별로 출산율에 영향을 주지도 못하는데. 그러니 정책도, 대다수 서민에게 초점을 맞춰 희망을 주는 정책을 펴야 출산율에 좀 변동이 있을 거라 믿는다.

정권이 절대 노동자가 아닌 재벌 편이고(부자 감세만) 위에서 군림하며 이미 가진 자들(조직의 웃대가리들, 기득권층) 얘기만 들어주고, 그게 그들의 본령(本領)임에도 정권에 비판적인 언론에 대해서만 압수수색을 자행(恣行)하면서 언론 길들이기에 혈안이 돼 있다. 이렇게 되면 국민은 정확한 진실을 알 길이 없다. 언론이 정권의 나팔수가 되어, 같은 소리를 앵무새처럼 되뇌면 자기는 분명 그게 아닌데도 다수를 따르게 된다고 한다. 이게 심리학자 솔로몬 애쉬의 동조(Comformity) 현상인데, 모두가 같은 의견이면 그게 잘못되었을 때 전체가 위험에 빠질 수도 있다는 것이다. 그러나 다행스럽게도 애쉬의 실험에서도 증명된바, 100% 모두 따르는 게 아니고 일부(23%)는 반드시 자신이 맞다고 생각하는 것을 끝까지 고수한다고 한다. 아마도 이들이 위험에 빠진 집단 광기를 잠재우는 중요한 소수일지도 모른다. 전체의 절멸(絶滅)을 이들이 막는 것이다. 이래서 소수의견은 집단의 지속을 위해서도 존중돼야 마땅하다.

불의에 저항한 소수가 아닌 시대에 적응만 잘한 자들(친일파) 위주로 역사를 다시 쓰려고 한다. 까놓고 말해, 이런 자들만 우대하면 앞으로 나라의 앞날이 바람 앞의 등물, 백척간두에 봉착하더라도 누구하나 선뜻 나라를 위해 자기 한 몸 바치겠나. 그리고, 팩트만 말하면 독립운동하고 그 이후 나라를 위해 헌신한 분들은 좀 차이가 있는 것도 부인하긴 쉽지 않을 것이다. 우선 독립운동은 자발적으로 했고 가족조차 말렸는데도 어디서 지원해 주는 곳도 없이(독립 자금을 비밀리에 마련하거나 자신의 없는 살림에서 보태고, 밀고까지 당하면서도) 다 반대하는데도(국가조차) 혼자서 외롭게 일제에 항거했다. 결과는 감옥살이거나 사형이었다. 사랑하는 가족까지 일제에 온갖 고초와 수모를 당했다.

사고 터지면 아랫것들만 손봐주는 정권(책임 떠넘기기, 그 결과 복지부동과 기준도 없는 카르텔 대상에 안 걸리기, 이처럼 공무원을 복지부동하게 만들어 놓고 복지부동하지 말라니, 이게 말이야 방구야?)이라 앞으로도 쭉 변함없을 것 같아 지금 희망이 안 보여 이런 곳이라면 아이 키우기도 더 힘들 것 같아 안 낳는 것이다. 지금 잘나가는 자만 우대하니 대부분을 차지하는 서민이, 지금 펴는 정책에 자신은 빠져 있다고 생각하고 있고, 후쿠시마 오염수 '1+1=100'이라는 공식엔 자신이 반드시 포함되어 있다고 생각하고 있다.

당연한 귀결이다. 희망이 안 보여 안 낳는 것이다. 사람은 지금 힘들어도 조금이라도 희망이 보이면 낳으려고 하는데, 그런 게 지금 또는 앞으로도 전혀 개선될 기미가 보이지 않으니까 낳지 않는 것을 택한 것이다.

그건 또 이 지옥 같은 현실에서 혼자 견뎌내기도 힘들다. 정신의학자 제임스 길리건은, 〈왜 어떤 정치인은 다른 정치인보다 위험한가〉에서 "보수 정권에서는 우월한 사람에게는 명예를, 열등한 사람에게는 굴욕감을 강제하는 '수치심'의 윤리가 지배적이다. 반면 진보 정권에서는 자만심을 경계하고 평등을 옹호하는 '죄의식'의 윤리가 우세하다. 쉽게 열등감을 조장하여 타인을 무시하도록 부추기는 사회에서는 자신과 타인에 대한 공격성이 증가하는 반면 죽음에 대한 감각은 무뎌질 수밖에 없다. 즉 보수 정권이 집권하면 더 많은 사람이 자신 또는 타인을 죽인다"라고 썼다.

거기에 자식까지라면 엄두가 안 나고 자식에게 큰 짐을 지울 것 같아 그런 것이다. '나도 이번 생이 글렀는데, 그냥 나만 고생하고 말지!'라는 생각이 서민들을 지배하고 있다.

중요한 건 아이를 낳아도 걱정 없이 잘 기를 수 있을 것 같은 사회 분위기를 조성하는 것이다. 왜냐면 인간은 막상 전쟁이 터졌을 때보다 전쟁이 당장 터질 것 같은 분위기를 더 두려워하기 때문이다. 인간은 불안하면(신변에 위협을 느끼면) 자신의 생존과 안전을 최우선에 두기 때문이다. 이런 분위기라면 자기 생존에 가장 필요한 것 외엔 다 생략해 버린다. "내 앞가림도 못하는데, 무슨?" 하는 것이다. 앞가림한 후 주변도 좀 둘러볼 수 있는 여유를 만들어줘야 한다. 지금은 욕구가 일차원에서 멈춰 있다. 충분히 다음 단계로 넘어갈 수 있다는 믿음과 희망이 필요한데, 그런 게 없는 것이다.

그래 이런 두려움을 국민에게 주입하기 위해(자기 내키는 대로 통치를, 잡음 없이 하기 위해) 고의로 공포 분위기를 조성하는 정권도 있었으니(생존에 위협을 느끼게 하는, 눈을 딴 데로 돌리는 효과, 결국 자기 치부 감추려는 수작) 말하면 뭐 하나. 정직하고 참된 정권은, 공포감을 심어줘 자기 멋대로의 못된 통치를 덮으려는 정권이 아니라 뭔가 자꾸 희망을 주려고 노력하는 정권이다. 통치자는 모르겠지만 국민은 다 안다. 이 성권이 공포 분위기에만 정신이 팔렸는지 뭔가 자꾸 국민에게 희망을 주는 정책에 고뇌하고 있는지를(당장은 몰라도 지나면 다 안다).

남 탓과 책임 회피에만 우선순위를 두면 긍정보단 부정적인 게 더 많이 겉으로 드러나게 되어 있다. 개인도 보면, 뭔가 자기가 하고자 하는 게 없는 자들은 자기 할 일은 손도 안 대면서 지금 남이 뭐 하나에만 신경 쓰고 그것의 지적질에만 자기 시간의 대부분을 보낸다. 그걸 또 그들은 자기가 뭔가 예리하게 한 수 가르쳐 줬다며 스스로 자신이 똑똑하다고 참칭(僭稱)한다. 고질병이라 고쳐지지도 않는다. 대신, 자기 할 일이 분명한 사람은 그걸 할 시간도 부족해서 남이 뭐 하나에는 신경 쓸 겨를이 사실 없다.

전 정권에 신경 안 쓰고 자신이 믿는 정책 수립과 그것의 실현에만 몰두하면 긍정적인 분위기가 당연히 조성되고 뭔가 같이해 볼 수 있다는, 그래 하는 일에 동참하고 돕고 싶다는 마음이 일면서 희망이 싹트고 그런 고무적인 분위기 조성으로 '아, 이런 환경이라면 내가 아이를 낳아도 충분히 잘 기르고 애도 잘 클 수 있겠다'라는 생각이, 서민들에게 서서히 스며들기 시작하는 것이다.

가장 중점을 두는 거

중점(重點, Priority)을 두는 게 있어야겠다. 가장 우선하는 거, 내가 일 순위로 두는 거. 나머진 다 부질없는 것 같다(왜냐면 모든 게 결국 여기로 향하고 있고, 향해야 하므로). 물론 다른 사람은 내 것이 아닌, 다른 것에 더 중점을 둘 수도 있다. 인정한다. 아니 그럴 것이다.

지금 '솔로 나라'가 인기인데 이것을 보노라면 마치 연애 잘하는 것에 가장 중점을 두어야 할 것 같은 기분이 든다. 어느 분야나 마찬가지지만, 아마 거기서도 소외된 사람들(커플이 이루어지지 않은 사람들)이 더 많을 것이다. 어디서나 주인공은 소수고, 조연은 필연적으로 다수니까. 그러므로 나도 조연에 속할 가능성이 더 크다. 그러나 그것에 위축되거나 움츠러들지 말고 자기가 생각하고 흔들리지 않는 것에 중점을 두면 그것 때문에 오는 혼란에서, 많이 자유로울 수 있을 것이다.

'솔로 나라'에서 자신은 비록 커플이 안 되고 알고 보면 들러리나 그냥 한 번쯤 경험 삼아, 어찌 보면 즐기러 온 것 같은 결과가 되었지만 탄생된 커플들을 능히 축하할 수 있는 것은 아마도 밖에 이런 '자기만의 중점 두는 게' 있어서 그런 말도 쉽게 나오지 않았나 하는 생각이 든다. 아마 반드시 중점을 두는 게 그들에게 따로 있을 것이다. 그렇게 되면 '솔로 나라'의 연애 주인공들처럼 자신이 중점을 둔 것에서 반드시 빛을 볼 날이 올 것이다. 중점을 두고 꾸준히 즐기면서 그것을 향해 가면 그게 반드시 실현될 거라, 믿는다.

중요한 것은 중점(우선시, 일 순위)을 둘 것을 찾아내고(아니 본능적으로 알고, 그렇지만 그게 아니라며 위험하게 다른 것에 중점을 둘 수도 있는 게 사람이다. 자신이 마땅히 중점을 둘 것을 깨닫지 못하는 것이다.) 그것에 매진하는 거다. 즐기는 거다. 그럼, 일시적으로 '솔로 나라'의 연애 중점 같은 것에 의해 흔들릴 수도 있겠지만 즐기면서 꾸준히 하다 보면 반드시 '솔로 나라'의 주인공들처럼 나도 그 분야에서 빛이, 적어도 살면서 한 번쯤은 반드시 오고야 말 것이리라.

조직에서도 지금 있는 곳이 왠지 내가 중점을 두는 것을 살리는 게 아니라 그것에 물타기를 해 아예 겉으로 내보이지도 못하게 하는 분야라면 그 부서는 나와 맞지 않는 것이다. 이곳에 계속 있으면 기분이 안 좋고 괜히 여기저기 아프고 출근하는 것도 도살장에 질질 끌려가는 것 같다. 그러니 고충 처리라도 해서 하루빨리 벗어나 다른 곳에 가서 자신이 진짜 중점을 둘 것을 맘껏 펼치는 게 훨씬 낫다. 경험도

쌓고 인내심을 기른다며(사람 사는 곳, 어딜 가나 같지 않겠어 하면서) 오기로 버틸 수도 있지만, 그게 너무 오래가면 개인에게도 조직을 위해서도 좋을 게 없다. 그곳은 그냥 '아, 여긴 나와 맞지 않는구나.' 하고 확인할 수 있는 것 외엔 더 이상 배울 게 없다고 본다. 이때다 싶을 때 벗어나야, 다른 곳에서 자기도 기분 좋고 성과도 올리고 그 결과, 작은 성공도 거두어 조직 전체로 봐서도 인력을 적재적소에 배치한 효과를 신분 발휘할 수 있을 것 아니겠나.

맞는 곳에서 일하는 게, 개인으로나 조직으로나 더 나은 선택이다. 여러 사람이 꺼리는 곳이라도 거기서 내가 즐겁고 업무 몰입도가 상승하면 그만이다. 이런 걸 잘해야 조직이, 다른 유사 기업과의 경쟁에서도 앞서갈 수 있고 내부 직원에겐 바로 일하기 좋은 직장이란 평을 들을 수 있을 것이다. 외부에선 별점을 많이 받아, 앞으로의 취준생들에게도 가장 들어가고 싶은 직장 일 순위가 되는 것은 말할 것도 없겠다.

중점을 두는 것의 최고는, 자신이 고유하게 가진 것, 그걸 세상에 펴며 행복하게 사는 거라 본다. 아주 맘껏. 그걸 즐기면서 하기 때문에 주변의 영향을 덜 받고 다른 곳에도 한눈을 팔지 않는다. 자기를 충분히 알고 자기가 고유하게 가져 절대 지루하지 않고 내면에서 벌써 즐겁고, 시간 가는 줄 모르며 이런 게 과연 나에게 무엇일지 찾아내야 한다. 그렇게 되면 자신이 자길 알아주고 소중히 여기게 되면서 즐기니까 외부에 어떤 식으로든 표출되고 인정받지 않을 수 없게 되면서 사회적인 보상도 반드시 따르게 된다고 본다. 그런 작은 성취들이 모여 자존감도 올라가고 이게 아니라도 어쩔 수 없이 내부로부터 오는 즐거움 때문에 외부의 동기부여가 그리 크지 않아도 꾸준히 갈 수 있는, 그런 힘을 얻을 수 있는 것이다.

내가 하면서 즐겁고 뭔가 충전이 되고 그런 걸 찾아야 하지만, 남의 그런 걸 방해하지 않는 사람도 동시에 되어야 한다. 남에게, 말로는 힘을 준다고 하지만 적어도 남의 이런 중점을 두는 걸 막는 사람이 되면 그는 빵점 인간에 불과하다. 남을 돕지는 못할망정 적어도 그가 중점을 두는 걸 막는 인간이라면 특히 조직의 상사라면 그는 상사 역할을 하나도 못 하는 인간이라 할 수 있다(실제로도, 자신이 좋아하는 분야를 좋아하는 부하만 챙기고 나머진 무시해 버리는 상사가 없지도 않다). 남의 자질(資質)을 뿜게 하지는 못할망정 그것을 막는 인간이 적어도 되어선 안 되겠다.

다른 걸 아무리 잘해도 남의 숨은 재능, 잠재력, 가능성을 말살하는 인간만은 절대로 절대로 아니어야 한다. 그것만 아니어도 기본은 되는 인간이다. 아무리 미사여구를 남발해도, 남이 가장 중점을 두는 것을 폄훼하고 비하는 인간의 말은 더는 들을 필요가 없다. 그런 말을 들은 상대도 그런 걸 자동으로 알아 그러겠다고 속으로 다짐할 것이다. 누구나 다 이런 인간은 좋아하지 않는다. 그건 그 사람 자체를 싫어하는 것이기 때문이다. 또, 이런 인간의 말은 기억에서 잘 지워지지도 않는다. 왜냐면, 자기가 가장 중점을 두고 소중하게 생각하고 거기에 매진하고 있었는데, 그걸 하찮게 여기는 발언을 바로 그 인간에게 들었으니 그럴 수밖에 없다. 사회에 나가서도 이런 인간 같다는 인상이나 분위기만 풍겨도 바로 거르고 본다. 거기에 대한 깊은 트라우마가 박혀 있기 때문이다(그는 또 하나의 강력한 적을 둔 셈이다).

이러니 상대와 아예 앞으로 절대 안 볼 작정이고 원수가 되고 싶으면 평소 캐치해 놓았다가 상대가 '가장 중점을 두는 것'을 근거 없이 비방하면 된다. 그러면 상대는 자신이 원하는 대로 될 것이다. 나를 절대 상종하기 싫어하는 사람이 되어 갈 것이다. 그리고 내가 남을 만날 때 상대가 나를 뭔가 쪼그라들게 만들고 그의 앞에 서면 뭔가 그 정도는 아닌데 나를 하찮고 초라한 것으로 만들어 버리는, 가스라이팅(gaslighting, 지금의 문제가 뭐든 그게 나 때문에 일어난 것처럼 생각되게 만드는) 같은 것을 퍼붓는 인간과는, 처음엔 오해로 그럴 수도 있지만 그게 반복되면 바로 손절해야 한다. 적어도 내가 중점을 두는 것까지 막아 버리고 무시하는 인간과는 더는 만나선 안 된다. 대신, 나의 소중한 그 에너지를, '내가 중점을 두는 것'을 더 살려주고 힘을 주고 격려해 주는 사람을 찾아내 그에게 쏟으면 된다. '나를 알아주는 사람을 위해 목숨을 바친다'라는 말이 괜히 나온 게 아니다.

실은, 내가 중점을 두는 것(최우선)을 같잖고 하찮게 여기는 인간은 자신도 중점을 두는 게 따로 없는 인간일 수 있다. 대신 나를 알아주고 힘을 보태는 사람은 자신도 반드시 중점을 두는 게 또렷하게 있는 사람이다. 중점을 두는 게, 자신은 비록 실패했지만, 자식을 통한 대리만족이든, 물질적인 풍요든, 사회적 명성 혹은 성공이든, 예술가의 작품을 통한 고차원적 내면의 발현이든, 인간은 반드시 이 세상에 와서 그 실현 방식이야 서로 다르겠지만 자기를 실현하려고 어떤 노력을 한다고 본다. 겉으로는, 자신조차 몰라도 무의식에선 자신을 맘껏 실현하려는 쪽으로 발걸음을 옮기고 있다고 할 수 있다. 이런 나를 알아봐 달라고 속으로 힘껏 외치면서.

누구나 자기의 행복을 위한 것들인데, 그게 과연 자신이 고유하게 지닌 역할인지, 근사해 보이니까 남의 것을 단순히 모방한 것인지. 이런 것 중, 자신이 고유하게 가진 것을 실현해 그 어떤 것으로도 대체 불가능한 것을 실현하려는 사람으로 살아가야 마땅할 것 같다. 나는, 인간은 태어나 누구나가 다 자신만의 고유한 역할이 있고(그래서 모두가 다 소중한 존재고), 자신이 가진 것을 실현하며 행복을 느끼는 존재라고 생각하고, 그렇게 사는 게 가장 잘 사는 것이라고 생각하는데 거기엔 아직 미치진 못하더라도 찾아내려고 노력은 해야 할 것 같다. 그게 너무 중요하니까. 그게 가장 행복한 삶이고, 잘 사는 비결이라 믿으니까. 그리고 또 그런 과정이 삶의 과정이기도 하니까. 나의 진정한 행복을 찾아가는 여정이니까.

자신이 태어난 이유를 알고 자신이 고유하게 가진 것을 실현하며 그 어떤 것으로도 대체가 안 되는 삶을 살면 얼마나 행복할까. 자신이 '가장 중점을 두는 것'을 실현하고 또 자신도 그걸 가지고 있으니까 남의 그것도 존중하며 살면, 세상이 얼마나 좋아질까, 하는 생각을 해 본다.

남녀 차이(1)

요즘은 이런 걸 다루기가 무척 꺼려 조심스러운데, 남녀 차이(이것도 요즘 추세대로 남성성과 여성성의 차이로, 아니마와 아니무스의 차이로 해야 하지만)에 대해 그냥 내 생각을 아무 생각 없이(어떤 의도도 없이, 지금까지 나름 좀 생각해 왔던 것을) 한번 적어 보려고 한다. 차별이 아니라 차이를 다시 정리하고자 하는 것 외에 다른 뜻은 전혀 없다. 오히려 나는 정치적 올바름으로 성평등을 분위기에 좌우됨 없이 너무 과하게 주장하고 있는 사람이다. 순전한 학구적(學究的) 호기심 외에 아무것도 아니다(그 차이 없이, 그냥 다 같이 사람으로 대하는 게 이상향이지만).

그러나 또 현실 세계에선 그 차이가 존재하지 않는 것도 아니기 때문에(나 혼자만 현실을 무시하고 이상만 바라보며 사는 것도 솔직히 쉬운 게 아니므로) 그 차이를 서로 조금이라도 알고 상대에게 어필해 실상(팩트)을 알아야 적절히 대적할 수 있기에, 선한 정책이라도 현재의 고통을 경감시키는 것은 아니며 더 가중시킬 수도 있다. 그 이유는 현실적인 종합 검토에서의 미흡 때문일 수 있다.

성공 가능성을 높여 인구 절벽 같은 문제도 좀 해결할 수 있지 않을까 해서 기술(記述)한 것뿐이다. 이 일환으로, 실제에 있어 존재하고야 마는 남녀 차이에서 오는 오해와 갈등을 능히 이겨내고 데이트든, 연애든, 결혼이든 서로의 목적을 달성할 수 있으면 하는 순수한 바람에서 여기에 끼적인 것뿐이다.

여기서 여자들의 생각은, 그럴 것 같다는 나의 추정에 불과한 것도 확실히 없지 않음을 밝힌다. 제목을 남녀 차이로 정해놔서 실은 별 차이 없는데도 나누려고 애를 쓰는 억지도 많이 보일 것이다. 그러나 나는, 남녀 차이에 대한 관심(호기심, 연구 목적)이 지대한 나머지 아주 오래전부터 관련 책 150권 이상을 읽었고 지금도 읽고 있다. '남녀 차이'는 심리학에 해당하기 때문에 도서관 한국십진분류표에서 100번 대로 가면 만날 수 있다. 참고로 사회학은 300, 문학은 800번 대에 있다. 하여간 그 부문의 책을 모조리 다 읽었고 거기에 없는 책은 서울 시내(부천, 인천, 일산까지 원정을 포함해) 다른 도서관을 섭렵하며 독서 두어를 한 기억이 난다. 그래 그 지점, 한 구획의 책을(고른 게 아니라 아예 순서대로 전부) 모조리 다 읽은 것 같다. 그때 나는 내가 미친 줄 알았다. 이론적인 중무장으로 빠삭하다고 생각했다. 여자의 모든 것을 알아내고야 말겠다는 오만에 빠졌다. 관련 영상 유튜브 10곳, 하트 시그널 등 OTT 4곳 이상을 동시에 보고 있고 이에 초점을 맞춰(관심이 크니까 그럴 수밖에 없는 것 같다.) 오프라인의 여자들과의 대화("이런 경우 어떤 생각이 드는가?"처럼 눈치 못 채게 남녀 차이에 대해 궁금한 것 문의)에서도 많은 것을 배우고 새삼 깨달아 가고 있다.

그러나 또 리얼 현장에서 내가 직접 실행한다면 잘할 수 있을 것 같지 않다. 나는 전형적 A형 인간인 데다가 MBTI도 INTP이고 심하게 낯가림을 하는 내성적인 성격 탓이기도 하다. 나도 안다. 남녀 차이에 대해 내가 알려고 무지하게 노력한 것만큼 실전 부족 때문에 현장감이 떨어지고 성과도 덜하다는걸. 그래서 이런 걸 극복하려고 픽업아티스트들의 강의(길거리에서 번호 따는 스킬, 클럽 헌팅 성공 팁, 호감 가는 남자에 대한 여자들의 무의식적 행동 연구, 티 안 나게 어장 관리하는 법 등)를 들은 적도 있다.

나는 이렇게 실전도 이론으로 메우려는 경향이 강하다. 다분히 직관과 관념에 치우쳐 있다. 나무보단 숲을 보겠다는 심산이다. 나는 당연히 이처럼 말보다는 글로 의사를 표현하길 더 좋아한다. 말보다 글이 더 편하고 솔직히 더 잘 표현하는 것 같고 남들도 그렇게 말한다. 이론과 실제는 다르다는 것을 알고 있고, 이미 나는 그럴 나이도 지나 버렸고(이미 결혼해 그럴 상황도 아니고), 그럴 의욕도 실은 당연히 없다. 나는 지금의 배우자에게 충실하고 싶고 나에겐 진짜 과분하다 생각하고 있고(그래서 나는 행복하지만 상대는 그만큼 그렇지 않다고 생각), 이미 내 마음을 점령하고 있어 다른 누가 여기에 들어설 자리는 없다고 생각한다. 누가 감히 대적할 엄두조차 못 내는 천하무적이라고 생각한다.

오래 산 부부는 사랑하는 감정이 일다가 이게 사라지면 처음엔 미워하는 감정이 생기다가도 좀 지나면 미안하고 고마운 감정이 나를 잡고 늘어진다. 미워하는 감정이 사라지고 다른 감정이 만들어지는 수순은, 그래도 가만 혼자 생각해 보면 내가 아플 때 챙겨주고 간호해 준 게 생각나고 내가 어렵고 위기에 처했을 때 물불 안 가렸던 그 모습과 한없이 가여운 자식이 한겨울 새벽에 열이 올라 같이 응급실로 향했던, 미숙했던 부부의 그 동동거림이 머리에 떠올라 눈물이 고이면서 더 이상 미워할 수 없게 된다. 이런 희로애락의 복합적인 감정들이 강력한 무기가 되어 나를 공격하기 때문에 그 인연을 쉽게 끊지 못하는 것 같다. 그러나 아직 그럴 나이에 있는 사람들에게 참고(내가 그럴 나이에 그 차이를 알았더라면 하는 후회와 아쉬움에서)가 될까 해서 내가 아는 범위 내에서만 죽 적어나간 것뿐이다. 내 최대 강점은 그래도 이 차이에 대한 지대한 내 '관심'이다.

　자, 그럼 시작해 보자.
　여자는 썸 타고 있는 이성 만나러 갈 때 화장이나 옷을, 지켜보고 있는 옆 친구에게 "이게 너 나아?! 이건 어때?" 하며 비교해 달라고 한다. 여자는 그런 것에서 즐거움과 행복을 느낀다지만 남자는 그런 것, 자체에 별 흥미가 없다. 이런 걸 보면 여자는 확실히 남자보다 일상의 소소하고 작은 것에서 더 행복감을 느끼는 것 같다.

　여자는 자신의 외모에 대해 실제보다 더 안 좋게 보고, 남자는 실제보다 더 좋게 본다고 한다. 남자는 대개 거울을 보며 자기는 이 정도면 괜찮다고 생각한다. 그런데 여자가 그러는 건, 자기의 안 좋은 단점인 부분을 장점인 다른 곳보다 계속 더 '의식'하면서 남이 보는 장점을 자신만 못 봐 그럴 것 같다는 생각이 든다.

여자는 한꺼번에 여러 가지 일(멀티태스킹)을 하고 남자는 그게 안 되어 유럽 축구를 볼 때 옆에서 아무리 불러도 모른다. 나는 이것을 이렇게 추리(推理)하고 가설(假設, 어디서 분명히 들은 학설)을 세우고 싶다. 남자는 사냥감에 집중에 추적해 잡는다. 딴전을 피우면 사냥감을 놓친다. 그러나 여자는 마을 사람들(아이들, 노인, 다른 여자들)과 함께 마을에 남는다. 이때 아이도 봐야 하고 옷도 깁고 음식도 다 익었나 확인해야 하고 동시에 이웃의 눈치도 봐야 한다. 만약, 이웃에게 어려운 일이 생기거나 아프면 돕기도 하고 간호해 주기도 해야 한다. 그래야만 나중에 아이와 내가 아프거나 어려울 때 그들의 도움을 받을 수 있기 때문이다. 한꺼번에 여러 가지 일을 할 수밖에 없는 환경이다.

음식을 요리하며 뒤에서 방금까지 놀던 아이가 어떤 상태인지 파악해야 해서 여자에겐 뒤통수에도 눈이 달렸다는 말이 있다. 주위를 늘 주시한다. 남자는 목표지향적이고 여자는 관계 지향적이란 말이 여기부터 비롯된 건 아닐까. 남자는 빨리 쭉 달려가기 위해 말 즉, 자동차에 집착하고 여자는 채집에서 과실, 약초 등을 담아야 해서 가방에 집착한다는 말도 있다. 여자가 또 말을 더 잘하는 건 자기 처지를 이웃에게 잘 설명해 도움을 적시에 받아야 하기 때문이란다.

남녀 차이라고 생각했던 게 '공통점'이란 것을 깨달은 순간도 있다. 남자만 이성적 호기심이 생겨야 여자와 사귀고 싶은 생각이 든다고 알고 있었는데, 그건 여자도 이성적 호기심이 안 일면 사귈 마음이 없음을 '솔로 나라'를 통해 뒤늦게 알았다. 전엔 여자는 좀 더 고상하게, 이성적 호기심보다 모범적(너드미)이고 단정하고 깔끔한 이미지의 이성에게 먼저 끌리고 일차원적 이성적 호기심은 한참 나중의 요소라고 생각해 왔다.

여자는 친한 친구에게 자기에 대해 빼놓지 않고 다 얘기하는데, 심지어 자기 남편과의 잠자리에 대해서도 너무 구체적으로 얘기하고 서로 이런 건 좋았고 이런 건 별로라고 주고받으며 서로를 손으로 치며 깔깔댄다고 하는데, 남자는 "어떻게 그런 것까지 남에게 얘기할 수 있지?" 하며 고개를 절레절레 흔든다. 이 말을 듣고 너무 놀랐다. '어떻게 둘만의 은밀한 비밀을 남에게 털어놓을 수 있지?' 하는 강한 의문이 드는 것이다. 여기시 가능한 생삭은, 학창 시절 둘만의 비밀을 공유하며 '찐' 관계(동맹)를 유지하고자 하는 것과 비슷한 그런 것인지, 아니면 비밀 유지보단 여자 특유의 말하고 싶은 욕구가 더 강해 거기에 굴복해 그런 것인지는 잘 모르겠다.

남자는 주로 여자의 얼굴, 몸매 같은 것을 오래도록 기억하는데 여자는 그 남자에게서 났던 좋은 냄새, 향기에 강하게 꽂힌다고 한다. 그러니 남자들은 데이트 나갈 때 지금까지 그녀에게 가장 반응이 좋았던 향수를 살짝 뿌리고 나가면 더 매력적인 남자로 보일 게 틀림없다. 그럼 그녀는, "맞아, 이 남자에게선 이런 냄새가 났었지!" 할 것이다.

서로 다툴 때 여자는 바로 그 자리에서 언성이 높아져 피 터지게 싸우더라도 무조건 벗어나지 않고 거기서 얘기하자는 주의인데, 남자는 일단은 지금 싸워봤자 더 안 좋은 상황으로 갈 것 같으니까 잠수나 동굴로 들어가거나 나중에 생각을 정리한 다음 다시 얘기하자는 쪽인데, 이걸 보면 다툼 해결에 있어 남녀의 차이가 매우 큰 것 같다.

남자는 처음 만난 호감 가는 이성에게 급하게 다가가 빠른 결론을 내리길 바라지만, 여자는 서로 더 많이 알아가면서 서서히 진행하길 바라는 것 같다. 남자는 '육체적인' 것에 아무래도 더 관심이 많고, 여자는 '정서적인' 것에 더 관심이 높아 이런 차이가 나는 게 아닐까. 여자의 이런 속성을 알고, 남자가 좀 더 데이트에 성공하려면 일단은 처음 세 번은 가볍게 친한 친구를 만난다는 기분으로 아무 목적이나 의도를 내비치지 말고 무언가 원하는 게 전혀 없는 태도로 만나는 것이다. 너무 노력하거나 애쓰지도 말고 그냥 무덤덤하면서 여유 있는 태도를 유지하는 것이다. 적당히 잘해주되 너무 애쓰지도 말고 있어도 그만이고 없어도 그만이다. 뭐 이런 마인드로 임하는 것이다. 그럼 여자 쪽에서, "어, 이 남자 뭐지?" 하게 되는 것이다. 그 남자에게선 자금까지의 남자들과는 확실히 다른 면모가 보이는 것이다.

드라마 같은 것을 보고 있노라면, 여자는 유행에 뒤처지는 것에 불안해하면서도 자기 옷이 지금 충분히 유행을 따른 옷인데도 자기와 똑같은 옷을 다른 사람이 입고 다니는 게 눈에 띄기라도 하면 불쾌감을 동시에 느끼는 것 같다. 그러니까 유행을 따르면서도 자기만의 유니크한 것을 동시에 추구하는 것 같다. 그런데 남자 입장에서 보면 대개의 여자는 그런 조바심이 없어도 그녀만의 색깔과 매력이 있다고 느낀다. 남자는 같이 모르는 사람끼리 여럿 모인 자리에서 뭔가 나이 같은 서열을 모른 상태로 앉아 있으면 왠지 불안감을 느끼고 서열(형아우)이 정해져서야 비로소 안정감을 찾는 것 같다.

여자가 속상해할 때 일단은 그녀의 편에서 위로하고 그녀의 적을 공동의 적으로 삼아서 같이 욕해 줘야 한다. "그놈이 잘못했네!" 하고. 잘잘못은 나중의 일이다. 그건 그녀도 이미 잘 알고 있고 그녀는 단지 확실한 자기편이 되어 주어 자기의 억울한 이야기를 들어달라는 것이다. 한마디로 문제 해결(이건 그녀도 나무 잘 알고 있음)이 아니라 꺼내놓는 사연의 스토리를 상대도 충분히 공감하면서 자기의 현재 속상함을 풀고자 하는 게 진짜 대화하는 이유다. '감정적 손상'과 '문제 해결'을 따로 분리해(남자는 어차피 이 둘 다 자신이 혼자 해결할 수밖에 없다고 생각한다.) 문제 해결 부분은 이미 알고 있고 혼자 조용히 해결할 수 있으니까 여기선 접어두고 감정적 손상만은, 남자처럼 잠시 동굴에 들어가 해결할 수는 없으니까 여자의 관계 지향적인 본성을 살려(어쩔 수 없이) 대화 상대와 접촉해 풀고자 하는 것이리라.

이런 경우 남자는, "그건, 네가 잘못했다." 하고는 끝이다. 여자는 자기 우군들을 모아 자기감정을 달래려 하지만 남자는 이런 말을 듣고는, 역시 모든 건, 나 하기에 달렸다는 걸 새삼 깨닫는다. 오히려 상대가 일방적으로 내 편만 들어주면 그의 진심을 의심하며, "그의 앞이라면 또 얘기가 달라지겠지"라고 속으로 되뇌는 것이다.

이런 걸 보면, '남편'이란 말은 아내가 남자인 남편이 너무 극사실주의에 입각해 여자의 진짜 의도를 모르고 뭔가 도움이 될 것만 같은 것만 조언이랍시고 해서 〈금성인 여자, 화성인 남자〉를 다시 증명이라도 하듯이 소통에 대한 절망으로 남편을, 진정한 '남의 편'이라고 이름을 손수 지어준 건 아닐까 하는 생각이 든다.

남자는 여자 앞에 서면 괜히 허세(虛勢)를 부린다. 남자들만 있다가 여자 한 명이라도 그 자리에 낄라치면 심심하고 나른했던 분위기가 허세 모드로 돌변한다. 주변 공기가 긴장으로 찌릿찌릿하게 변한다. 마른하늘에 날벼락으로 바뀐다. 충분히 이해는 간다. 근데, 그게 먹히지 않는다는 게 문제다. 이성에 대한 자신의 눈물겨운 노력이라고 충분히 이해하다가도 허세나 괜한 센 척, 되지도 않는 가오는 대개 이성에게 매력으로 다가가지 못한다고 한다. 자기 자랑을 하려면 어떤 주제에 대해 대화를 나누다가 자기의 강점을 그것과 관련해서 자연스럽고도 좀 전문적으로(자기 분야에 대한 프라이드와 프로페셔널을 가미해서) 이성에게 어떤 사심도 없다는 듯이 진지하게 설명해 주는 것이다. 그러면 그때부터 그건 단지 허세로만 보이지 않고 여자에게 큰 매력 포인트로 각인된다고 한다. 그러니까 허세를 허세가 아닌 것처럼 포장하는 것이다. '꾸안꾸'인 것이다. 그러나 거기엔 진정성이 있어야 한다. 아니면 여자의 예민한 촉으로 포장된 허세라는 게 들통나기 때문이다.

여자는 자신에게 호감을 주는 이성에게 다가갈 때 무작정 다가가지 않고 이것저것 주변의 눈치를 살피며 다가간다고 한다. 만약 너무 많은 남자가 자기에게 다가오고 그걸 주변의 모든 여자들이 다 알게 되면 그 집단에서 따돌림을 당할까 봐 너무 드러나지 않게 마치 죄인인 양 표정 관리에 세심한 주의를 기울인다고 한다. 무조건 남자에게 돌진하는 게 아니라 주변의 분위기를 두루두루 살피면서 조심스럽게 접근하는 것이다. 이런 경우 여자들은 스스로 알아서 관리하지만. 그 집단에서, 남자에게 인기 있는 여자에게는 벌점이나 고통을, 그렇지 않은 여자에게는 그에 합당한 위로와 격려를, 여자들끼리 교통정리를 하기 때문에 버릇없어지는 일은 잘 없다고 할 수 있다.

그러나 남자는 그게 안 되기 때문에 "버릇없어지게 내버려 둘 수는 없다"라는 말을 필터링 없이 주변에서 듣게 되는 것이다. 그러나 결과적으로는 남자가 더 버릇이 있게 되고 여자가 오히려 더 그 콧대가 하늘을 찌를지도 모른다. 여자는 그렇게 될 것을 미리 알고 자기의 버릇없음(버릇없어 보임)을 잘 숨기기 때문에 직접적으로 그 공격으로부터 피해를 덜 보기 때문이다. 이런 것만 봐도 여자가 더 관계 지향적이고 사회성이 좋다고 할 수 있다. 자기만이 아니라 주변도 동시에 살피는 것이다. 사람은 더불어 사는 거라, 생각하는 것 같다. 주변에 분란을 일으키지 않으면서 연애는 또 연애대로 동시에 잘하고 싶은 것이다. 더 현명하고 지혜롭다.

'귀여움'의 남녀 차이에 대해서 생각해 보자. 남자가 여자에게 귀엽다고 하는 것은 말 그대로 여동생처럼 귀엽다는 말이다. 이성적 호기심보다는 뭔가 여동생 같아서 도와주고 챙겨주고 싶은 마음이 먼저 드는 것이다. 오빠와 여동생의 굳건한 포지션이다. 문근영이나 박보영 같은 이미지가 여기에 해당한다. 이성적으로 끌리는 남자가 자기한테 그런 말을 하면 좋을 게 없다. 변함없이 그 상태를 유지할 가능성이 크기 때문이다. 남자는 여자가 이성적으로 끌리면 이런 말을 한다. "눈부시게 예쁘다, 내 이상형에 가깝다, 첫눈에 반했다, 내 마음이 자꾸 설레고 떨린다." 이렇게 예쁘다는 말을 자꾸 한다. 외모에 대한 칭찬을 계속하는데 그게 사실이기 때문에 그러는 것이다. 또 할 말이 그것밖에 없기도 하고(아니 없을 수 없지만, 이것보다 더 급하고 중요한 것은 없다고 생각하기에).

여자가 남자에 대한 호감이 조금이라도 있다면 그런 칭찬을 듣고 좋아하는 눈치고 웃기도 하니까 더 그러는 것이다. 그녀의 매력 포인트(자기를 반하게 한 부분)를 구체적으로 짚어 언급하기도 한다. 그

말들은 다 진심이다. 그러나 여자가 남자한테 귀엽다고 하는 건 뭔가 이성적인 끌림이 강하고 이상형에 가까워 모든 행동이 사랑스럽고 남이 들으면 "이 대목에서 왜 웃지?" 하는 대목에서조차 계속 실없이 웃고 남자의 모든 말에 리액션과 맞장구를 저절로 치게 된다. 아니, 자기도 모르게 나오는 것이다. 여기서 남자는 사귀거나 고백의 단계로 바로 직진해도 무방하겠다. 여자는 남자가 귀엽다고 느끼는 순간 손쓸 수 없게 마음이 가는 것이다. 여자는 남자가 너무 마음에 든 나머지 별것 아닌 것에도 계속 웃음 짓는다. 그 사람에 대한 모든 것에 관심이 가고 그 사람의 모든 게 그저 좋을 뿐이다. 그리고 그 사람과 관계된 모든 걸 알고 싶어 한다. 그 사람의 한 마디 한 마디를 다 기억하고 그것의 의미에 대해 곰곰이 거듭 생각한다.

여기서 더 나가면, 둘의 데이트에서조차 그 사람의 돈을 함부로 안 쓰고 그 사람에 대한 건강까지 챙기게 된다. 어울리는 옷을 코디해 주고 계절에 맞게 옷을 선물하기도 한다. 그러면 여자는 사랑에 빠진 것이다. 그 대신 남자가 돈 쓰는 것에 아무 구애가 없거나 남자의 건강에 잔소리 비슷한 걸 전혀 하지 않거나 어울리는 옷이나 머리 스타일에 대한 조언 같은 걸 전혀 하지 않으면 그냥 '어장 관리'하는 것이다. 같이 있으면 시간이 너무 빠르게 간다.

이런 걸 보면, 남자는 마음에 드는 여자에게 곧바로 직설 화법을 쓰고, 여자는 묘하게 돌려서 에둘러 표현한다는 차이가 있음을 알 수 있다. 이런 행동의 이면엔 자기가 그 남자를 좋아한다는 사실이 밝혀지지(읽히지) 않게 하려는 무의식의 작용이리라. 내 행동이 상대에게

읽혔음을 내가 아는 순간부터 나는 부담스럽고 그로부터 내 행동이 자연스럽지 않으리라는 것에 두려움을 느끼는 것이다. 상대가 내가 좋아하는 걸 알고 있다면 얼마나 어색할까. 나는 좋아하지만, 상대는 이것을 아직은 모르길 바란다. 그리고 상대가 나를 얼마만큼 좋아하는지 알기 위해서라도 그의 주변을 항시 맴돌며 탐색한다.

"어떤 타입의 이성을 좋아하세요?"
"이상형이 뭐예요?"
"나를 처음 봤을 때, 느낌이 어땠어요?"
상대도 내가 마음에 든다고 하면, 이런 식으로 넌지시 물어본다.
"내 어떤 부분이 마음에 들었어요?"

남녀 차이(2)

'의리'와 '자존심'에 대해, 남자와 여자 중, 누가 더 의리 있고 자존심이 셀까. 여자와 남자가 섞여 있는 회식 자리에서 자기 와이프가 있는데 굳이 나서서 다른 여자에게 깻잎을 떼어 주고, 새우껍질을 까 주는 건 좀 그런 것 같고, 다른 여자에게 외모에 대해 칭찬하며 술잔을 자주 짠하고 약간 집적거리는 것 같은 인상을 풍기는 것도 좀 그렇다. 우선 이런 모습을 제삼자인 다른 여자들이 좋게 보지 않는다는 것이다. "왜 굳이 자기 와이프가 있는 자리에서 그런 행동을 하지?" 그런 남자라면 자기도 절대 사양이란다.

여자들은 대개 의리 있고 자기 여자에겐 언제나 '진심'인 남자를 좋아하는 것 같다. 같은 여자로서 그 와이프 자리에 자기를 대입해 보는 것이다. 그리고 또 와이프의 자존심이 발동하여 '어떻게 내가 버젓이 있는 자리에서 다른 여자한테 저런 행동을 할 수 있지? 내가 안 보이나? 다른 사람들은 또 이 광경을 어떻게 생각할까?' 등 한꺼번에 여러 가지 생각이 교차하는 것이다. 자기를 홀대하는 듯하고 요즘 부부 사이가 좋지 않은 것 같은 뉘앙스를 여러 사람 앞에서 풍기는 것 같아서 일단은 여자로서의 자존심이 상하는 것이다. 다른 여자에게 깻 잎을 떼어 주는 것 자체보다 그로 인해 사람들 앞에서 자기 위상에 금인 간 것에 더 신경이 쓰이는 것이다.

여자는 자존심에 살고 자존심에 죽는지도 모른다. 사랑에서 을이 더 애쓴다. 여자가 실제 을이더라도 남들 앞에서 남편이 자기를 갑으로 여기고 나서서 을인 척하는 남편의 애쓰는 모습으로 여자의 자존심은 한껏 올라간다. 여자는, 둘만 있는 자리에서 남편에게 사랑받는 것도 당연히 중요하지만, 남들과 함께한 자리에서 남편이 자기를 얼마나 아껴 주고 챙겨 주는지, 그 모습에 많은 의미를 두는 것 같다. 말보다 그런 행동에 심쿵하고 많은 점수를 남편에게 주는 것이다.

이런 걸 보면, 여자들이 더 사회성이 강해 자신의 모습이 남에게 어떻게 비칠까를 중요시한다. 즉, 여자가 화장하는 것도 그렇고, 어울리는 옷을 입으려는 것도 남의 눈에 내가 좋게 보이기 위한 것이다. 거울은, 내가 내 모습을 못 보니까 그것을 통해 남의 눈에 내가 어떻게 보이나 확인하기 위한 것이다. 내가 나를 보기 위한 것이 아니다. 남이 없는 데선 화장도 안 하고 아무렇게나 입는다. "남의 눈엔 난 이렇게 보이겠지." 하고 남의 눈에 보이는 내 모습을 거울을 이용해 점검하는 것이다. 그렇지 않으면 내가 나를 볼 수 없으니까.

그로 인해, 다른 여자들과의 관계 정립(행복 배틀)에 엄청난 에너지를 쏟고 있다는 걸 어렵지 않게 짐작할 수 있겠다. 국민 사랑꾼 최수종이란 존재가 뭇 남자들에겐 자기가 비교 대상(물론 최수종은 최상,

나는 그래서 최하로 추락)이 되어, 엄청 스트레스를 받는 달갑지 않은 존재지만, 여자들 입장에선 선망의 대상이고 로망인데 저런 남자라면 무조건 합격이고 믿을 수 있다는 응원의 신호를 여자들이 보내는 것이겠다. 와이프가 있는 자리에서 남의 여자에게 깻잎을 떼어 주는 남자보단 이런 남자에게 더 확실히 점수를 많이 준다고 할 수 있다. 이런 걸 보면, 여자가 남자보다 더 '의리'를 따지고 '자존심'도 센 것 같다. 조선 시대 때 열녀비가 아니라 열남비가 더 필요했던 것이다. 왜냐면 여자들이 더 의리가 있어 그런 것 없이도 의리를 더 잘 지킬 것 같기 때문이다. "친절함이 몸에 배어 모든 여자를 챙기는 타입이라도 제발 남들 앞에선 다른 여자를 챙기지 말란 말이야!" 그건 여자의 자존심이 하락지 않고 지켜보는 다른 여자들도 그런 남자를 절대 신뢰하지 않는다. 여자는 아예 여러 사람 앞에서 자기에게 고기쌈을 굳이 싸 입안에 넣어주고 새우껍질을 손수 까주는 남자를 더 좋게 보고, 기회만 된다면 그런 남자를 자기도 한번 궁금해서라도 만나보고 싶어 하는 것 같다. 한 여자에게만 올인하고 그녀를 특별하게 만들어 주는 남자를.

자기 와이프 면전(面前)에서, 남자들의 다른 여자에 대한 껄떡거림은 '의리'와 '자존심'이 약하다는 거고, 또 자신이 선택한 것에 대한 확신과 책임감이 부족함을 말하는 것이다. 그건 자신에 대한 믿음 없음의 발로다. 이러니까 여자는 이왕 자신이 선택한 것에 대한 책임을 끝까지 지고 의리를 지키려 한다. 하지만 남자 쪽에서 자꾸 여자를 실망시키고 이 정도까지는 얼마든지 감수한다고 정한 선을 남자가 자주 넘고 도저히 용서가 안 되는 경우까지 찾아온다. 이러면 여자는 자기가 스스로 정한 '의리'와 지금까지 지켜온 '자존심'을 버리고 마음을 닫아 버려 절대 다시는 마음을 여는 일이 일어나지 않으므로 그러기 전에 남자는 여자의 마음을 늘 살펴야 할 것 같다. 그때 가서 후회해 봐야 이미 늦다. 여자가 마음을 닫은 후 다시 되돌리는 일은 거의 일어나지 않기 때문이다. 여자는 새로운 '의리'와 '자존심'을 찾아 그 남자를 떠난다. 누구나 과거 불행의 연속보단 새로운 삶을 살려고 하고 차라리 사별이면 둘 사이에 '애틋함'이라도 있지, 이별 이혼은 둘 사이에 '미움'만 쌓여갈 것이다.

'맞춤법' 문자를 보낼 때 맞춤법이 틀리면 여자가 사랑의 위계에서 확실한 갑이고 자기가 확실한 을일 때, 그래 그 여자와 진지한 만남으로 이어가려고 할 때 자기 마음을 솔직하게 전하는 문자에서 맞춤법이 틀리면 거의 사망선고를 받은 것이나 다름없다. 그 글자에서 맞춤법에 자신이 없으면 그걸 빼고 다른 글자로 바꾸거나 사전을 찾아서 꼭 확인하는 절차를 거쳐야 한다. 문자 내용에 상관없이 맞춤법에 어긋난 부분을 보는 순간 여자는 확 깨면서 남자를 바닥까지 내려놓는다. "아, 이 남자도 참!" 하고.

문맥으로 봐서 그냥 친밀감 있게 전체적으로 이모티콘도 섞어가면서 일부러 틀리게 쓰는 것이면 봐줄 만한데 그게 아닐 때 틀리면 그야말로 치명상이다. 남자끼리의 문자라면 그런 것에 별로 신경을 안 쓰지만 여자와의 문자에서 맞춤법이 틀리면 지금까지의 생각에서 남자를 자기 마음에서 닫아 버릴 수도 있다. '독서'가 취미라는 여자는 특히 조심해야 한다(사람 취급, 아예 안 할 수도 있다).

'습니다'와 '읍니다', '합니다'와 '함니다' '게'와 '께', '데'와 '대', '결제'와 '결재'와 같이 찾아보면 많은데, 이런 것을 쓸 때(주로 많이 틀리는 단어들에서) 맞게 썼나, 특별히 확인하는 여자도 있다. 그리고 한글은 그냥 소리 나는 대로 쓰면 절대 안 된다. '숙맥(菽麥)'을 '쑥맥'으로 쓴다든가 하는 거.

남자가 덩치가 더 큰 거, 여자가 더 오래 사는 거, 여자의 목소리가 실은 더 작은데도 더 멀리 가는 거, 이런 건 공기처럼 사실 당연한데도 '왜 그럴까?' 하고 생각해 보게 만든다. 물론 그 분야 전문가나 연구자들이 이미 그것에 대해 연구를 많이 했을 것이고 어느 정도는 그 이유를 밝혀내기는 했을 것이지만 그냥 아무것도 모르는 백지상태에서 내 지식의 한계 내에서 가설 같은 것을 세워보는 것도 나름대로 흥미 있고 재미있을 것 같기는 하다. 왜 남자의 키가 더 클까. 이런 게 아닐까. 여자는 자기와 자기가 낳은 자식 보호를 위해 자기와 자식을 지켜 줄, 겉으로 얼른 봐서 튼튼할 것 같은 남자를 택한다. 남자는 또 여자에게 간택 받기 위해 자기 몸을 강인하게 단련한다. 피그말리온 효과처럼 간절히 바라면 이뤄지듯이 쌍방 모두가 원하니 결국 그렇게 된 게 아닐까.

여자가 더 오래 사는 것에 대해 내 나름으로 가설(假設)과 추정을 해 보면, 나는 더 잘 표현해서 그런 게 아닌가 한다. 표현을 안 하면 속에 쌓여 그게 병으로 발전할 수 있다. 여자는 주변에 더 잘 자기의 처지에 대해 어렵지 않게 하소연한다. 남자는 길을 몰라도 잘 묻지 않지만, 여자는 바로 물어본다. 심지어 여자는 테러 현장에서 분명 소리를 지르면 자신이 노출되어 위험한데도 소리를 지르며 도망친다. 이런 경우에 남자는 아무 소리도 안 내고 빨리 그곳을 벗어난다. 그리고 학생들이 몰려다니며 "꺄르르~" 하는 소리에 놀라 돌아보면 대개는 여학생들의 무리인 경우가 대부분이다. 소설가 박민규는 그의 작품 〈갑을 고시원 체류기〉에서 이런 지옥 같은 환경에서도 여자들의 웃음소리를 듣고는 그만 소름이 돋았다고 한다. "어떻게 이런 데서 웃음이 나올 수 있지?" 삭막하기만 한 곳을 그나마 그들이 살만한 곳으로 만들었다며.

이처럼 여자는 모든 상황에서 자신의 감정을, 소리가 됐든 뭐가 됐든, 더 잘 표현하는 것 같다. 슬프면 슬픈 대로, 기쁘면 기쁜 대로, 남자보단 확실히 더 잘 웃고 더 잘 운다. 속에 든 것을 어느 정도 남자보단 더 잘 풀기 때문에 안에 쌓인 것이 적은 것이다. 남자도 풀려고 하지만 그게 거의 자기 몸에 안 좋은 것들(발효주나 환각제 같은)로 푼다. 여자는 대개 평화주의자이고 자연 친화적이어서 어울리며 자연과 조화를 이루며 대개는 살려고 한다. 급격한 변화보단 안정을 더 추구한다는 생각이 든다. 그러나 남자는 자기 마을을 지킨다는 명목(이게 실은 자기 합리화일 수도 있다. 현대전도 마찬가지다. 세력 확장, 인종 청소나 자기 종교가 아닌 다른 종교를 용납하지 못해 전쟁을 일으킨 것인데도 자기 속을 속이고 겉으론 자기를 지키기 위해 그랬다고 한다.)으로 다른 마을을 정복하고 또 전쟁에 나가서 직접 싸우기 때문에 더 일찍 죽는 게 아닐까. 평화주의자보단 뭔가 파괴적인 부정적인 게 더 오래 수명을 유지한다면, 그게 말이 되는가.

그리고 여자의 목소리는 사실 남자보다 더 크거나 더 우렁차지도 않은데 그 소리가 더 멀리까지 간다. 이건 이런 게 아닐까. 우선, 힘의 논리만 존재하고 무법천지인 원시 시대에 여자는 약한 존재였다. 적이 나타났을 때 자기의 위험을 자기편에게 얼른 알려야 한다. 그 소리는 적을 자극하지 않으면서 동시에 자기편에게 효과적으로 전달되어야 한다. 그래서 부드러우면서도 듣기 좋고, 멀리까지 가는 목소리를 가진 게 아닐까. 그리고 그 적에게도 그 목소리를 이용해 그의 마음을 바꿀 수도 있고, 그런 목소리여야 더 잘 설득할 수 있으니까. 그리고 자기가 키우는 자식에게도 부드러운 목소리가 정서적으로도 안정감을 줄 수 있으니까.

인간 세상에서 어떻게 살아야 하나?

사실 인간과 인간 세상은 믿을 게 못 된다. 어떻게 보면 인생은 고해(苦海)에 불과하고 세상에서 변하지 않고 영원한 것은 없다. 모든 게 변한다는 것만이 진리다. 잘 변하지 않는 자기 멋에 겨워 사는 게 그나마 맞다.

인간 세상에 미련을 두지 말고 한쪽 발만 인간이 사는 현실에 살짝 담그고(페르소나를 갖고, 가면을 쓰고, 가식을 겸해서) 사는 동안 인간으로서 가장 치열하게 자기 이상(理想)을 향해 고개를 들고 있어야 한다. 발은 현실에, 머리는 이상에 두고 있어야 한다. 그러면서, 유사시에 대비해 발은 항상 뺄 준비를 하고 있어야 한다. 그러니 푹 담그면 안 된다. 그렇지 않으면 그들이 내 발목을 잡고 물고 늘어질 것이다. 그들은 쓸데없는 곳에만 악바리로 달려들기 때문이다.

내 이상을 이해하지 못하는 인간들에게 발설해 봐야 이해도 못 할 뿐더러 비웃음만 사거나 나를 자기의 변하고야 마는 인간 세계로 못

끌어들여 안달일 것이다. 그러면서 내가 그리로 가면, "그렇게 잘난척하더니, 너도 별수 없네!" 하고 온갖 모욕을 퍼부을 것이다. 원래 인간들은 자기 그룹에 나중에 합류한 약자를 밟고 비웃는 맛으로 산다. 자기 나라에 밀려드는 인종에 대한 차별이나 텃세를 보면 안다.

인간 세상의 본질을 모르고 순진하게 그들에게 내 숭고한 이상을 설명하고 설득하느라 너무나 많은 에너지가 소모되어 정작 내 이상을 실현하는데 기운이 빠져 시작도 못 할 수 있다. 이게 뭔가, 남는 게 뭔가.

선택해야 한다. 내 이상을, 이루어질 가능성도 없는, 그들에게 설명하는데 내 귀중한 인생 다 허비할 것인가, 혼자서라도 이상을 실현하는데 모든 에너지를 집중할 것인가.

모든 내 말은, 그 말을 알아들을 수 있는 사람에게만 해야 한다. 그들과 연대해야 한다. 그들을 한없이 아끼고 소중히 여겨야 한다. 그들은 이 지구가 더 이상 썩지 않게 하는, 한 줌의 소금일 수도 있기 때문이다. 그 외의 나머지에겐 아무짝에도 쓸모없는 헛수고에 불과하다.

개고기

나는 개고기를 즐겨 먹는다. 보신탕집이 요즘엔 많이 줄어 그렇게 자주 먹지는 못한다. 여름철에 땀을 많이 흘려 기력이 없을 때 삼계탕보단 개고기가 더 잘 내 체질에 맞는다. 물론 내가 개고기를 즐겨 먹어 못 먹게 하는 인간들을 안 좋게 보는 건 맞지만, 그럼 흑염소도 안 먹어야지? 왜 개고기만 갖고 그러나?

이건 인간 중심적인 사고에 불과해 나는 안 지켜도 그만이고 너무나 당당하고 떳떳하다. 비논리적인 말은 절대 들을 필요가 없다. 그런 말은 여기선 맞을지 몰라도, 다른 곳에 가면 틀릴 수 있기 때문이다. 더군다나 나는 반골 기질이 있어, 하지 말라면 더 한다. 단지 개만 인간하고 가깝고 친하다고 그것만 못 먹게 하고 대신 소나 돼지, 닭은 그야말로 작살을 내니, 무슨 조상 중에 고기 못 먹고 죽은 귀신 있나, 왜 모두 고길 못 먹어 환장들인가(이게, 미국이 이스라엘과 친하다고 일방적으로 편들어 주고 하마스는 테러 집단으로 규정하는 것과 뭐가 다른가?). 그들의 말은 앞뒤가 안 맞는다. 자기 위주로 한 말에 불과하다.

특정한 동물만 못 먹게 하지 말고 그냥 인간도 동물이니까 안 먹고는 못 사니까 적당히 식량 차원에서 아무거나 적당히 먹는 사람들이 현시대엔 더 옳은 거고, 위선적이지 않다고 생각한다. 반대하는 인간들은 모두 자기에게만 맞게 정당화하는 것에 불과하다.

대구는 또 뭐냐? 이슬람교 혐오하느라고 회교도 성당 앞에서 삶은 돼지 고지를 펼쳐놓고 파티하는 꼴이라니, 정말 가증스럽고 역겹다. 자기 종교가 소중하면 남의 종교도 소중한 거 아닌가. 이런 인간들보다 내가 더 당당하고 큰소리 뻥뻥 칠 수 있다고 생각한다. 적어도 나는 다른 사람의 식성과 신념에 대해선 욕하거나 혐오하진 않으니까.
모두 존중한다. 문화나 취향, 신앙 차이로 충분히 그럴 수 있다고 생각한다. 자기 일이나 똑바로 하지, 왜 남의 일에 감 놔라 배 놔라 간섭이냐?

나는 상대적인 걸 신봉하고 인간 사회에서 다양성을 최고의 가치로 친다. 획일적이고 일사불란하게 움직이는 걸 좋아하지 않는다. 자기 앞으로 헤쳐 모여, 하는 인간을 경멸한다. 내가 킬러라면 가서 암살하고 싶다. 인간의 가치는 시대나 장소에 따라 얼마든지 변하기 때문에 절대적인 가치는 없다. 왜 못 먹게 하냐고 내 주장을 떠들고 다니면, 쓸데없는 소음에 시달릴 것 같아 그냥 조용히 먹기만 하는 것이다.

똥이 무서워 피하냐, 더러워서 피하지.

　나는 개고기를 적당히 먹는다. 이젠 실컷 먹을 곳도 점점 사라지고 있어 안타까울 뿐이다. 개고기 요리사도 점점 줄고 돼지나 소처럼 개고기도 부위별로 세분화하고 더 맛있게 레시피를 개발하고 해야 하는데 탕 아니면 수육뿐이니, 이젠 유명한 식당을 일부러 찾아다니며 먹는다. 개고기 맛집 순례다. 그래도 나는 행복하다.

남녀 차이(3)

확실히 여자들이 더 '유행'에 민감한 것 같다. 남자보다 대개 사회성 (관계 지향형)이 더 좋기 때문에 주변에서 일어나는 일들에 더 민감할 수밖에 없다. 예전에 마을에 남아서 어디에 가면 과일이 많고 약초나 조개, 식용 버섯이 있는지 알아야 다시 채집하고 그것을 자식과 식구들에게 먹일 수 있기 때문이다. 사건 현장 목격자 진술에서, 여자들이 남자들보다 더 세밀하고 정확하게 그 상황과 주변 정황을 더 잘 설명하는 것만 봐도 여자들이 얼마나 주변에서 발생하는 포인트와 변화에 민감하고 관심이 있는지 알 수 있다. 백화점에서 그저 아이쇼핑을 즐기는 것만 봐도 남자들과는 다르다.

아이가 아플 때를 대비해 그것에 맞는 약초가 많이 있는 곳을 미리 알고 있어야 한다. 그들은 모여 있으면서 내가 보는 눈은 두 개밖에 없지만 다른 사람들의 눈은 훨씬 많기 때문에 그들의 정보에 민감하고 목마를 수밖에 없다. 그들은 모여 앉아 대화를 한다. 주로 지금의 핫이슈에 대한 이야기다. 그 대화에 끼기 위해서라도 주변 유행과 트렌드에 예민하지 않을 수 없다. 이건 외부 자극에 민감하게 반응하는 거고 곧 변화가 빠른 것이다. 외부에 적절히 반응하는 게 삶을 더 행복하게 수놓고 수명도 더 오래 유지된다. 바람이 일 때 같이 눕는 갈대가 꺾이지 않고 그대로 보존된다. 추우면 옷을 입고, 더우면 벗어야 하는데 남자들처럼 자기는 변화에 아랑곳하지 않는다며 버티면 죽음밖에 기다리는 게 없을 것이다.

아버지로서 나이가 들어 흐름에 어두워도 지금 딸이 둘이면 아들 둘 있는 것보다 그런 것에서 빠르고, 그들에게서 듣는 게 더 많기 때문에 나이 든 다른 아저씨들보다 유행에 딸이 있어 앞서갈 수 있는 것도 분명히 있다. 아, 전엔 젊은 여자들이 책을 많이 읽었는데 지금은 그렇지 않은 것 같다. 그들은 자기와 동떨어진 큰 이슈보단 주변 친구가 하는 말에 더 민감할 수밖에 없다. 부모가 결혼하라고 그렇게 해도 말을 안 듣다가 주변 친구가 너도나도 결혼해 혼자 덩그러니 남아있는 것에 갑자기 '멘붕'이 찾아와 자기도 드디어 가는 것을 보면 친구의 영향력이 여자에게 얼마나 지대한지 알 수 있다.

이젠 친구들도 책을 안 읽어 지금 유행하는 책에 대해 몰라도 되는 때에 안주하고 있다. 내가 책에 관심이 있어 그것에 대해 말해도 그들의 반응이 미지근하면 자기도 책에서 손을 뗄 수밖에 없다. 아니면, 자기는 책이 그래도 좋아 계속 보지만 친구들 앞에선 책 얘기는 이젠 잘 꺼내지 않게 되는 것이다. 잘못하면 '진지충'으로 몰려 왕따를 당할 수도 있기 때문이다. 여자들이 다시 전처럼 책에 민감하게 반응해 독서 인구가 늘어야 하는데, 이젠 독서보단 게임 하는 친구들이 여자 주변에 포진해 있어 게임에 대한 정보에, 책에 대한 정보보다 더 민감하게 반응하게 되었다. 안타깝다. 어떻게 하면 이들의 관심을 다시 책으로 돌릴 수 있을까.

　이성과의 '첫 경험'에는 여자가 더 큰 의미를 두는 것 같다. 그게 자기가 생각한 대로 로맨틱하게 되었거나 안 되었거나 만족스러웠거나 아니거나 그게 중요한 게 아니라 그것을 시점으로 그 전과 후로 나뉜다고 한다. 그 남자에게 신경을 안 쓸 수가 없게 되는 것이다. 왜냐면 나의 전과 후를 나눈 사람이 그 사람이기 때문이다. 그러나 남자는 여자보다 그것에 더 집착하지만, 실은 그것에 큰 의미를 둔다기보다 그게 좋았나 안 좋았나, 만족했나 아닌가에 더 중점을 두고 그게 누구였나에 대해 여자보단 그렇게 중요시 안 하는 것 같다. 그 대신 상대를 잊지 못하는 요소는 그 상대가 자기가 좋아하는 뭔가를 갖고 있고(이상형), 자신에게 매력적으로 다가오고, 자기를 푹 빠지게 한 게 있으면 그것을 더 잊지 못하는 것 같다. 그 여자 자체가 아니라 자기의 이상형에 가까운 여자들에게 더 관심이 많은 것이다. 즉 자기를 매료시킨 이성을 잊지 못하는 것이다.
　여자는 그 경험을 유발한 그 '남자'에게 방점이 있는 거고, 남자는 사람보단 자기를 '매혹'하게 한 그 당사자에 더 끌리는 것이다. 근본적으로 더 깊이 들어가면, 여자는 그 결과 임신이란 게 있고, 남자는 그게 아니어서 그런 게 아닐까. 남자가 더 본능에 충실해서. 수컷 소나무는 생명이 다함을 스스로 알고는 솔방울을 주렁주렁 수없이 매단 채, 그 이듬해 말라 죽는다고 한다. 그걸 보고 동네 어른들 하는 말, "아, 저 소나무도 이제 다됐구나!" 한단다.

  '출중한 외모'에 대해 알아보자. 외모가 출중한 여자는 다가오는 남자가 물론 많다. 백이면 백, 모두 자기 외모에 끌려 접근한다는 것도 당연히 안다. 그러니 그 여자에게 각인되려면 외모로 어필하면 안 되고 다른 것으로 다가가야 한다. 막연히 예쁘다는 말 대신 다른 구체적이고 색다른 것, "전에 입었던 세미 정장, 그거 있잖아. 너! 되게 지적으로 보이더라"라고 말해주는 것. 여자가 남자에게 조금이라도 호감이 있다면, 다음에 만날 때는 꼭 그렇게 입고 나타나는 것을 보게 될 것이다. 자신에게 사소한 것도 기억해 주고 나중에 꼭 집어 언급해 주는 남자, 자기를 특별하게 대해주는 남자에게 여자는 관심을 안 가지려야 안 가질 수 없다. 그러나 동시에 또 여자는 백 사람에게 백 번 예쁘다는 말을 들어도 싫증 내지 않고 항상 좋아한단다. 오히려 그런 것을 내비치지 않고 아예 무관심한 것처럼 보이는 남자에게 "어! 이거 뭐지?" 하는 것이다. 예상 밖일 때 여잔 그걸 꼭 기억한다. "감히, 내 미모에 대해 언급을 안 해!"하며, 자존심 상한 것에 대한 보복으로 오히려 그 남자를 뇌리에서 지우지 못한다.
  다른 뭇 남자들처럼 뻔하게 접근하면 뻔한 사람밖엔 안 되고, 그녀에게 임팩트 있게 각인되지도 못한다. 뭔가 되려면 그녀가 나를 우선 기억해야 한다는 전제조건이 있다. 나를 기억조차 못 하는데 뭐가 되겠는가. 내가 그녀를 신경 쓰이게 만들어야 한다. 외모가 출중한 남자는 나쁜 남자가 되기 쉽다. 당연, 버릇도 없다. 외모가 탁월한 남자는 여자가 다가오면 여자처럼 일단은 경계(여자는 '이 남자 왜 내게 접근하지?' 하며 그 이유를 알고자 하지만, 남자는 그런 게 없다)하는 그런 것도 없이 일단은 다 받아들인다. 오는 여자 마다치 않겠다는 거고, 어장관리(잡아 놓은 물고기들)를 하며 맘에 드는 여자에게서 받은 상처를, 다른 여자를 이용해 풀려는 자도 있다. 꿩 대신 닭이다. 속이 시커멓고 불순하다. 외모만 믿는 아직 덜된 자는, 나중에 다 써먹을 수 있다며 미리 보험을 들어놓는 거고, 플랜 B를 가동하는 나쁜 남자다. 솔직히 여자에게 '나쁜 남자'란 자기가 좋아하니까(연애에서 을이니까) 자기 맘대로 안 되는 남자를 말하는 것이다. 단연히 외모가 출중해 여자가 많을 것 같은 남자다. 자기 속을 끓이고 나를 울리는 남자다. 그러니 자기가 좋아하지도 않는 남자는 절대 여자에게 '나쁜 남자'가 될 수 없다.

이건 남녀 공히 공통점인데, 나와 맞는 사람인가 아닌가, 어떤 사람이 나와 오랜 인연을 이어갈까, 같지 않은 사람과는 내가 안 가졌으니까 호기심이 일어 그에게 접근한다. 그래서 이성 간에도 안 맞는, 차이 나는 게 분명히 있어 서로에게 절대 질리는 일 없이 신비감으로 서로에게 매달리며 절대 지치는 일 없이, 즉 드라마나 영화 소재에서 남녀 간의 사랑 얘기가 절대 고갈되지 않는 것처럼 서로에게 끝없이 향하는 게 아닐까. 여자도 남자도 상대에게 아무리 가까이 다가가도 결국 아는 것에 실패한다. 러시아 인형, 마트료시카처럼 까도 까도 결국 알 수 없는 것이 '남녀 간의 차이'다. 그래 여자 언어와 남자 언어가 따로 존재하는 것이다. 같은 상황인데도 다르게 받아들이고, 그 언어도 같지 않다. 알 수 없으니, 남녀 간의 서로에 대한 호기심은 끝이 없다. 안 맞는 것, 다른 것엔, 이런 상대에 대한 이상적인 모습이 있다. 모르니 상대가 신비로움에 쌓였다. 호기심이 일고 캐고 싶다. 인간은 무지에 두려움을 느끼는 본능이 있다. 나에겐 절대 발견되지 않고 일어날 수 없는 일에 "내가 그렇게 노력했는데도 겨우 이건데!" 할 수밖에 없는 것이다. 나와 다른 그는 바로 아무런 어려움 없이 너무나도 쉽게 그냥 해버리는 모습을 보고 그것에 감탄하고, 놀라고, 반하는 것이다. 상대를 추앙까지 한다. 누구나 자기가 못하는 것에 더 감탄하니까.

"만남은, 다른 것에 끌려 잘도 이뤄지지만 바로 그런 차이를 극복하지 못하고 결국 그게 원인이 되어 헤어지게 된다"라는 말처럼, 결혼은 곧 생활이라 지루하고 힘든 것이 계속된다. 너무 다르면 그가 그것을, 고민 없이 아무렇지 않게 하는 것이 나로선 도저히 용서가 안 되는 것이다. 그것으로 점점 골이 깊어져 간다. 그러나 비슷하면 "그럴 수도 있지." 하고 그냥 넘어간다. "나도 그런데, 뭘." 하는 것이다. 바로 내가 상대에게 그렇게 했고 그것으로 상대에게 뭔가 벽 같은 게 안 생기고 무난하게 넘어갈 수 있으니까 그것 가지고는 서로에게 실망하는 일은 없다. 그와 나는 비슷하니까. 그런데 세상은 또 거의 같은 기질이 만나는 일은 별로 없어 다르니까 신비로워 쉽게 만났고 한동안은 그것 때문에 행복한 시간을 보낸다. 그러나 다르니까 이해가 안 가는 게 많아지고 "아, 이런 점은 나와 다르구나"를 자꾸 깨달으면서 그것으로 많이 싸우기도 하지만 한편으로는 내가 엄두를 못 내는 것을 척척 해 하는 것도 분명 자주 목격하는 것이다. 다시 그 모습에 반한다.

그런 것들이 서로 부족함을 채워주기 때문에 그것으로 다시 상대에 대한 호기심과 신비감이 발동해 다시 사랑하고 그러면서 정이 쌓이고 같이 서로의 부족함을 보충하며 사는 경우도 많다. 아니, 그런 경우가 대부분이다. 다른 사람이 어떻게 같을 수 있나. 비슷해 보여도 같지 않다. 결혼에서 사랑은 잠시고, 애증은 평생이다. 사랑은 굴러온 돌이고, 정은 이미 박힌 돌이다. 굴러온 돌이 박힌 돌을 이길 수 있나. 대부분은 나가떨어진다. 결혼을 유지하는 힘은 사랑 때문이 아니라 그동안 쌓인 강력한 애증(愛憎) 때문이다. 정(情)은 일상이고, 사랑은 비일상(非日常)이다. 부부는 다른 사람이 만나 서로 닮아 간다고 하지 않나. 다름과 같음은 서로 장점도 있고, 단점도 분명히 있는데, 그걸 겪어가며 우리의 삶은 또 계속되는 거고, 다른 인생이 아닌 '바로 내 인생'이 만들어지는 게 아닐까.

좋고 나쁨이 아니라 내가 중심이 되어, 인생의 주인이 되어, 그동안 그와 내가 함께 서로의 인생을 수놓는 게 아닐까.

뭘 해야 하나?

인간들과 섞여 살면서, 자신이 궁극으로 해야 할 일을 제대로 찾는
게 중요한 것 같다.

사실 군인은 사람을 죽여 전쟁에서 승리하는 게 목적이다. 다른 나
라가 쳐들어오기 전에, 나라를 지킨다고 하지만 결국은 사람을 많이
죽여야 이긴다. 매일 훈련하는 게 사람을 더 잘, 많이 죽이는 기술과
방법을 익히는 것이다. 검사는 범인을 잡아 그에게 법을 사용해 벌을
받게 하는 게 목적이다. 그러나 실은 사람을 가려 고무줄처럼 법을 적
용하고, 사람을 죄가 있느냐 없느냐로 분류한다. 이들은 사람을, 현재
죄인과 앞으로 죄인이 될 개연성이 있는 자로 구분한다. 후자는 다만
아직 죄를 안 지은 것뿐이다. 죄를 지을 가능성이 농후한 자이다. 그
는 이미 죄를 지었을지도 모른다. 아니 죄지었다. 불법을 안 저지른 자
가 누가 있겠나. 아직 밝혀지지 않은 것뿐이다. 인간은 둘 중 하나란
다. 이렇게 단순 논리를 가진 자가 복잡한 정치 지도자로 당선되었다.
이들은 권력의 개로서 민주주의 발전과 반대의 길을 걸어왔다. 따라

서 그들을 부러워할 하등의 이유가 없다. 그들은 명분(名分)이 약하다.

선생의 목적은 무엇인가. 아이들을 기능인(技能人)으로 만들어 사회에 나가 당장 쓸모 있는 인간이 되게 하는 것인가, 아니면 자아를 실현하고 타인과 사회에 도움이 되는 인간을 만드는 것인가? 수동적 인간으로 키울 것인가, 주체적 인간으로 만들 것인가. 이 정도 직업이면 그래도 괜찮다. 할만하다고 생각한다. 어디 가든 그 목적이 떳떳하다. 하지만 임용고시라는 바늘구멍을 통과했다고 해서 아이들을 가르칠 때도 공부 잘하는 애들만 자기가 그랬으니까 그들에게만 관심을 가져선 안 된다. 누구나 자기와 비슷한 사람을 지지하기 때문에 아무리 선생이라도 이걸 지키는 건 쉽지 않다. 그런 생각을 갖고 있다면 선생이 안 되는 게 나을 수도 있다. 요즘엔 이제 학부모가 그들을 무시한다. 그걸 보고 아이들도 따라 한다. 스승으로 잘 대접해야 하는데 자기 자식만 홀대할까 봐 눈에 쌍심지를 켜고 그들을 감시한다. 저학년일수록 선생의 역할이 더 중요하다. 아이들이 받아들이는 게 더 많고, 기능적인 것보다 더 근본적인 걸 배우니까. 사는데, 가장 필요한 기본적인 것.

인간은 자기 위주에서. 벗어나기가 쉽지 않다. 정 코스를 밟아 한 번에 공무원이 된 사람이 운동하다가 부상을 입어 운동을 더는 못하게 되어 건달 노릇을 하는 사람을 따르고 존경하겠는가. 너무 다른 세계여서 그런 일은 일어나지 않는다. 작가는 유명한 선배 작가를 따르고, 교수는 국립대학에서 한 자리 차지하고 있는 종신 교수를 따른다. 지금 인간 세상에서 잘나가는 의사도 돈 잘 버는 성형외과 의사를 따르지, 세상 이치에 통달한 거리의 철학자를 따르진 않는다. 이스라엘이 하마스를 상대로 인종 청소를 하겠다고 선언하는 것도, 다 자기 위주에서 못 벗어나 그런 것이다. 인간이 이것에서 못 벗어나는 것은, 내 '영혼(靈魂)'이 나와 늘 함께 있고 남의 몸에 그 영혼이 절대 붙지 않고 그가 아닌 나와만 하루 24시간을 보내기 때문에, 오직 나만 이해하기 때문에 일어나는 속성이다. 내 영혼이 내 몸에만 붙어 다녀서 그런 것이다.

다른 이유는 없다. 남의 삶을 살지 못해 그런 것이다. 자기 위주에서 벗어나는 것이, 이래서 쉽지 않은 것이다. 해결법은 기술이 더 발달해, 영혼을 이식해 다른 사람의 몸에 붙이는 것이다. 영혼이 자기 몸뚱어리를 버리고 다른 사람의 몸과 함께 살아보는 것이다. 인류가 이것에서만 벗어나도 지금 일어나는 문제의 반 이상은 해결될 것이다.

그럼 작가는? 내가 보기엔 인간들이 사는 세상에서 쉽게 해결 안 되는 문제에 뛰어드는 게 작가라는 직업에 가장 어울리는 것 같다. 자기 하고 싶은 대로 하고 자기 생각을 마구 토해내니까 이 세상에서 가장 행복한 직업이라는 사람도 있다. 그러나 돈이 없다. 현실적으로 힘들다. 그러나 자기 잘난 맛에 살고 자기에 대한 자부심이나 명예가 없으면 사실 궁핍해서 현실을 견디기 힘들다. 그것으로 겨우 견디고 버틴다.

작가는 글을 쓰면서 이런 것들을 물어야 한다고 생각한다. 나는 왜 사는가? 인간은 이 지구상에 진정 필요한 존재인가? 그들이 꼭 있어야 하는가, 차라리 없는 게 더 낫지 않나? 인간은 없어도 동물은 있어야 한다. 먹이사슬을 위해 필요하다. 동물은 다른 개체 생존에도 필요하기 때문에 반드시 존재할 필요가 있다. 알고 보면 필요 없는 것은 없다. 동물은 잔인하지 않다. 증오를 모른다. 냉혹하고 잔인해 보이지만 그냥 자연에 의존해 본능에 충실할 뿐이다. 그 이상도 이하도 아니다. 본능 그 자체다. 따라서 동물의 행동은 예측이 가능하다. 그러나 인간은 '감정'이란 게 있어 무슨 일을 저지를지 모른다. 감히 상상도 못 할 짓을 할 수 있다. 그들이 사는 세상에서 일어나지 않을 일은 없다고 생각해야 제대로 살아갈 수 있다. 아마 그 감정의 작용으로 지구를 파괴할지도 모른다. 그 결과 모두가 죽을 수 있다. 몰살당하는 것이다.

　어차피 다 우주적으로 정해진 수순이라 그냥 둬도 우주적으로 그들의 영향력은 미미하기 때문에 굳이 건드릴 필요도 없는가? 건드리지 않는다면 타인과 어떻게 같이 살아가야 하나? 인간들의 잡다한 골칫거리에 내가 어떻게 반응해야 하나? 그들에게 협조해야 하나, 아니면 하는 짓이 뻔하니 그럴 필요가 없나? 인간의 진정한 목적이 뭐라 생각하나? 그들이 실제 가는 곳과 진짜 가고 싶은 곳이 같은가? 인류는 어느 방향으로 가야 옳은가? 지금 인간 사회에서 일어나는 문제를 어떤 식이나 방향을 갖고 해결해야 옳으며, 과연 인간들이 그럴 능력이 있다고 보는가? 그들에게 맡기면 전부 다 망하는 거 아닌가? 모두가 다 몰살하는 거 아닌가?

알고 보면 인간이 사는 세상에서, 유치원에서 배운 대로 하면 아무 문제 될 게 없는데, 그건 안 하고 어른들은 엉뚱한 짓을 하며 세월을 허송하고 있는데 도대체 이들은 왜 이렇게 어리석은 행동을 반복하는가? 과연 고칠 수 있다고 보나? 혼이 나면서도 어리석은 짓을 반복하는 것 같다. 자기들이 어리석다는 것을 스스로 알면서도 그런다. 옳은 방향은 아는데 그대로 실천을 안 한다. 왜 아는 것과 실제 행동이 다른가? 이것도 자기 위주와 현실을 더 중히 여겨 그런 것인가? 어리석어서. 그들이 더 중요하게 생각하는 것은 현실인가, 그들의 이상인가? 그러나 그들은 이상을 알면서도 자기들이 세워놓았으면서도 그걸 버리고 엉뚱한 짓을 한다, 오늘도. 참! 구제 불능이다.

태극기 부대들, 왜 이러나?

"굳이 비교하자면 장영달이 마이너리그라면 이대왕은 메이저리그로 보면 되지 않을까. 이런 비교에서 비롯된 장영달의 질투심으로 뒤엉킨 옹졸한 속내를 아는지 모르는지, 제갈 소령은 주책스러운 말을 계속 늘어놓았다."

- 주원규의 <열외인종 잔혹사> 중에서

강자에게 그렇게 당했으면서도, 내가 보기엔 어리석게도 미국이나 박정희, 전두환, 심지어 지금은 하마스의 씨를 말리겠다는 이스라엘 국기까지 흔들어댄다. 솔직히 이들 중에 강자는 없다. 다 먹고살기도 바쁜 인간들이다. 이들은 약자끼리 뭉치고 강자에게 표를 안 주고 약자를 대변한다는 진보에 표를 몰아줘야 하지만, 약자는 연대와 단결 투쟁만이 살길이지만(그래야 그나마 강자가 조금이라도 약자에게 관심을 기울인다.) 실제는 자기가 그렇게 당했으면서 강자에게만, 단순히 한창 젊을 때의 향수에 젖어 그럴 수도 있지만 죽어도 강자 편이라며 수구(守舊) 꼴통에게 표를 몰아준다.

다 놓고 보면, 인간 자체는 믿을 게 못 된다. 알아서 하지 못하기 때문이다. 착한 사람에게 착하게 하고, 악한 사람에게 악하게 해야 하는데 거꾸로 한다. 인간의 불결한 속성 때문이다. 기후 위기를 보면 안다. 알아서 못 한다. 그냥 죽으려고 불로 뛰어드는 부나방 같다. 그래, 제대로 정신이 박힌 사람이 일깨워줘야 한다. 그래야 살아남는다. 그냥 두면 몰살밖에 없다.

스스로 알아서 제어를 못 하니, 아예 제도적으로 인간을 감시하는 걸 만들어야 한다. 그래서 법을 만든 것인데도, 그것을 살살 빠져나가려는 인간들이 있다. 권력의 개, 법의 창녀, 법꾸라지를 비롯한 기득권층들이다. 이런 인간들이니 항상 감시하고 견제해야 한다. 놔두면, 나라로 치면 독재(獨裁)가 되는 것이고, 재벌로 치면 독점(獨占)이 되어, 국민과 소비자를 자기 마음대로 주무르려고 한다. 그래, 그냥 두면 안 된다.

실제에 가서는, 또 약자들끼리 이런다. 헌법에 집회(集會)와 결사(結社)의 자유가 보장되어 있지만, 강자들이 하위법으로 헌법에 보장된 권리를 제대로 행사 못 하게 막아 놨다. 서서히 알지 못하게 약자의 목을 조르고 있다. 나라고 예외는 아니다. 그 당시 나만 쏙 빠져나가면 물론 빠져나갈 수는 있다. 그러나 그게 곧 나와 내 가족에게도 닥친다. 그들이 나만 특별 대접해 주지 않기 때문이다.

인간의 맹점 중 하나가, 모든 안 좋은 일은 자기는 그게 피해 갈 거라는 착각 속에 살고 있다는 거다. 그걸 아는지 모르는지, 태극기 부대를 비롯해 약자들은 서로 물어뜯고 증오한다. 인간의 오점 중 하나가 또 서로 비슷해야 싸운다는 것이다. 엄두가 안 나면 싸울 생각을 못 한다. 그러니 자신의 적이 누군지 제대로 모른다. 약자들끼리 아귀다툼이다. 강자들이 바라는 바를 열심히 실천하고 있다. 그들은 위에서 약자들의 그런 모습을 팔짱을 낀 채 느긋하게 지켜보고 있다.

인간들에겐 힘의 균형만이 만병통치약이다. 한쪽으로 치우친다 싶으면 약한 쪽에 힘을 실어줘 균형을 잡아야 약한 사람들도 그들이 함부로 못 한다. 그냥 놔두면 겸손하지 못하고 건방져진다. 인간이, 본래 그렇게 생겨 먹었다. 그 수가 적고 소리가 작아도 그 방향이 맞으면 힘을 실어줘야 한다. 이게 진정한 정답이다. 다수가 같은 소릴 한다고 다 옳은 게 아니다.

너무 우상(偶像)만 우러르고 가기에 매몰되면 진짜 자기 자리가 어딘지 모른다. '현타'는 이럴 때 필요한 것이다. 인간은 자신의 위치를 정확히 알고 거기에 맞게 행동하는 게 가장 잘하는 일이다. 그래야만 지금 자신의 위상이 조금이라도 올라간다. 내가 아이돌의 열렬한 팬이고, 구국 영웅의 신봉자이기에 나도 마치 그들인 것처럼 착각하지만 그 위치는 변하지 않을 것이고, 그럴수록 그들이 우릴 이용해 각자의 자리를 더욱 공고하게 만들 뿐이다. MB도 서울시와 지하철의 조무래기들이 그야말로 몸으로 때우며 희생해서 대통령 만들어 줬더니, 어디 고맙다고 와서 인사라도 하던가. 다 자기가 잘나서 그렇다고 한다. 그 모습은 지금도 한 치의 흔들림 없이 그대로 재현되는 중이다.

솔직히 이들은 돈도 없고, 대기업의 횡포와 독재가 들어서는 것엔 별로 관심도 없고(사회나 미래가 어떻게 되든 그런 건 이들의 관심 밖이다. 알고 보면 이들은 자기가 가장 우선이다.) 강자들이 말로만이라도 자기편이라는 말에 솔깃해 그들에게 무조건 충성을 다한다.

없는 사람들은 이제 돈으론 승부에서 안 된다는 것을 안다. 돈이면 다 되는 세상에서 대접받는 것을 이미 접어버렸다. 이제 지하철 노인석에서도 큰소리치는 노인은 찾아보기 힘들게 되었다. 자기들의 마지막 자존심을 지켜주는, 미국이나 박정희처럼 힘으로 밀어붙이는 쪽(그걸 어쭙잖게 흉내 내는 자를 포함해)을 한없이 밀어주고 동경하게 되었다.

이들에겐 솔직히 '자존심'밖에 남은 게 없다. 그들이 지킬 건 이것밖에 없는 것이다. 그러니 목숨 걸고 지키려는 것이다. 아무것도 없는 사람은 사실 자존심밖에 남는 게 없는 법이다. 돈 많은 자들은 돈이 우선이지, 자존심은 개나 줘 버리라고 한다. 그걸 지켜준다니까 그들 앞에서 충성을 맹세하는 것이다. 사람은 자기를 알아주는 사람에게 목숨까지 바친다고 하지 않나.

자신이 지금 있는 자리를 정확히 알고 거기서 뭘 할지 생각해 봐야 한다. 이걸 잘하지 못하니까 뭔가 자신이 원하는 대로 안 되는 것이다. 자기가 자기 소릴 내야지, 왜 남의 소릴 대신 떠들어 주나? 자신이

약자인데 왜 강자 편을 드나? 그들은 우리가 편을 안 들어줘도 우리
보다 더 잘 산다.

이상 실현은 어렵다

  뭔가 속 터지는 사람이 순수하고 순진하게 바른길을 걷고자 하는데 대부분의 사람들은 그냥 못 본 체한다. 그런 순수한 사람들은 평소에 발이 넓지 않아(너무 물이 맑으면 물고기가 없는 법) 이상을 실현하려고 하면 자기 말발이 서지 않는다.

  인간과 그들이 만드는 세상의 속성을 간과하고 말고 제대로 안 다음 덤벼야 한다. 내가 옳은 뜻을 품었다고 모두가 내 편일 거라는 생각은 나에게 상처를 줄 것이고 좌절하게 할 것이기 때문이다. 잘못된 생각이다. 뜻이 좋다고 그냥 밀고 나갔다가는 제풀에 겨워 곧 무너질 것이다. 모든 경우의 수를 파악한 다음 대들어야 한다. 그래도 될까 말까다.

  큰일을 하려면 평소에 그냥 상식과 기본으로 하고 그 초심을 잊지 말고 그 힘으로 밀고 나가는 것이다. 유방(劉邦)처럼 물고기가 많이 모이도록 나를 더럽히면서, 깨끗한 손으론 뭐를 해도 안 된다. 손에

똥을 묻혀야 한다. 그래도 기득권은 꿈쩍도 대개는 안 한다. 가진 게 많은 것들은 자기 밥그릇 빼앗기는 것을 가만히 지켜보지 않는다. 그는 어쩌면 그것에 일생을 걸었을 수도 있다. 누구나 일생을 건 것을 호락호락 내주지 않는다. 위태로우면 그들은 그들끼리 또 뭉친다. 이게 세상의 진면목(眞面目)이다.

솔직히 순수한 주장과 행동의 일관성은 아무것도 안 가진, 몸에 지닌 게 없는 자들만이 할 수 있다. 그러나 또 인간 세상이라는 게, 그들은 대개 준비가 안 되어 있고 뭘 할지 모른다는 거다. 자기의 행동 방향을 모른다. 대개는 배움이 적다. 인간과 세상을 모른다. 거기서 뭐가 중요한지 모른다. 이게 인간들이 사는 세상의 실상(實相)이다. 그러니 세상에서 자기의 이상이 실현되는 게 그렇게 어려운 것이다.

그러니 ①평소에 배워라. 그리고 ②기득권이 안 되게 몸에 뭔가를 지니지 마라. 그러는 ③동시에 흙탕물이 되어 그냥 물고기가 끼어들게 스스로 더러워져라. 너무 잘난체하지 마라.

세상 사람들을 내 이상 실현에 써먹어라. 그래도 이들도 인간인지라 배신당하는 것에 너무 서운해하지 마라. 그럴 수도 있다고 가볍게 넘어가라. 충분히 그럴 수 있으니 거기에 너무 힘을 쏟지 마라. 인간에 대한 너무 큰 기대는 금물이다. 인간에겐 변수가 많음을 항상 염두에 둬야 한다. 내 맘 같지 않다. 내 맘대로 절대 안 된다. 인간 세상의 특징 중 하나가 예측이 불가능하다는 것이다. 그것 때문에 계획이 무의미해질 수 있다. 차라리 프로그램을 입력한, 내 호위 로봇과 함께 싸우는 게 나을 수도 있다.

그럼 일반 인간은 언제 써먹나. 인간의 감정을 이용할 때다. 감정으로 인해 이는 그들의 큰 흐름을 이용할 때뿐이다. 내 뜻을 그들의 바람에 실어 나르는 것이다. 그것 외에 다른 짓을 하면 그들과 정리하느라 쓸데없는 데 에너지를 허비해 이상 실현도 못 하고 나가떨어질 수 있다.

그리고 ④자신도 인간이기에 계속 각성(覺醒)해 초심(初心)을 잃지 마라.

이 4가지를 갖춰야 자기 이상을 아주 조금은 인간들이 사는 세상에서 실현할지도 모른다. 그러나 또 그 가능성은 아주 희박하다는 것도 명심하라. 이렇게 이상 실현이 어렵다.

그 실현은 가상 세계에서만 가능할지도 모른다. 그래 인간들이 현실에서 못다 이룬 꿈을 가상에서나마 이루려고 현실보단 그곳에 이제 더 오래 머무는 건지도 모른다.

일본과 한국

　일본 드라마와 소설을 자주 본다. 그들의 깨끗한 거리와 잘 지키는 기초 질서, 야행성 동물을 배려한 적당히 어두운 밤, 아이들까지 누구에게나 친절하고 남에게 폐 끼치는 것을 싫어하는 국민성이 맘에 들고 배우들의 금방 갈아입은 것 같은 옷도 설렌다. 드라마는 마치 중간중간에 요약 정리하는 것 같은 소개도 좋고, 드라마는 그 순서가 일정하게 유지된다. 일본 드라마 고유의 패턴이다. 화면만 보고도 일본 드라마인 걸 금방 알 수 있다. 그들은 글자를 마치 그림처럼 꾸미기도 한다. 모국어를 많이 사랑하는 것 같고, 그래서 그런지 노벨문학상도 많이 받았다. 한글을 파괴하는 우린 부러울 따름이다. 드라마라도 꼭 일정한 공간의 무대에서 연극 하는 것 같은 색다른 모습도 다 신선해 보인다. 내용은 또 대체로 단순하고 그렇게 어렵지도 않다.

　일본인은 비만보단 호리호리한 사람들이 더 많다. 아마도 생선이나 채소, 발효 음식을 즐겨 그런 것 같기도 하다. 그들에게 덧니가 많은 것도, 일설엔 근친상간이란 말도 있지만, 아마도 그건 억센 고기보단 이런 식재료를 지금껏 먹어와 그럴 거라는 말이, 더 설득력 있게 들린다.

일본의 자동차는 빵빵거리지 않고 만들 필요가 없어선지 신호등도 별로 없다. 기다려주는 여유, 소형차 위주, 주차된 차가 없는 골목 모습, 안이 다 보이게 하려고 선팅을 안 한 자동차, 전통을 지키는 의복, 음식, 건물들이 좋아 보인다. 한국의 건물이 너무 높아 숨이 막히고 바람이 불 때 계곡을 형성해 우산을 뒤집히게 하는데 그런 고층 빌딩이 일본엔 적어(태풍과 지진에 대비) 좋다.

일본 드라마는 그 윗선인 정치를 잘 다루지 않는다. 이것도 일본의 특징 같은데, 그들은 하나의 정해진 틀을 뭉개는 걸 허용하지 않는 것 같다는 인상도 든다. 그들이 싫어하는 단어 중 하나가 자기 위치를 망각하고 주제넘게, 건방지게 구는 행위인 것 같기도 하다. 그들의 사명(使命)은 오직 자기 자리 지키기인 건 아닌지 의심이 들 정도다. 그래 하극상(下剋上)이 잘 일어나지도 않고 정권이 잘 바뀌지도 않는 것 같다. 애니메이션을 코스프레하는 그들의 복장이 자유분방한 것 같지만 그들은 남의 영역을 존중하면서 그 안에서는 맘껏 자신의 끼를 발산하는 것 같다는 인상이 강하다. 한편으론 AV는 너무 노골적이지만, 또 멜로드라마는 주인공이 손잡는 데만도 몇 회분을 금방 소비해 버린다. 그 중간이 없는 것 같다.

반면, 우린 검찰과 대통령실 등 그 윗선(권력의 핵심부)을 곧잘 다른다. 지금은 많이 누그러진 듯하지만, 노조 활동도 왕성하고 페미니즘, 기후 위기, 퀴어 등 '정치적 올바름(PC, Political Correctness)'에도 국민의 관심이 연일 들끓는다. 일본은 뭔가 차분한 인상이고, 한국은 뭔가 들끓고 있다는 인상이 짙다. 후쿠시마 오염수만 해도 우리나라는 여론이 용광로인데 정작 일본은 별다른 움직임이 없다.

한국은 전에도 민란이 빈번했고 중종과 인조 같은 왕조의 반정(反正)도 곧잘 일어났고 지금도 여기저기서 데모하는 곳 천지다. 일본 천황의 한마디는 곧 법으로, 누가 감히 끼어들지 못하지만 한국의 왕은 말만 왕이지 사헌부, 사간원, 홍문관 같은 간언(諫言) 기구에 의해 항상 왕은 견제를 받았다. 그래서 그런지 왕이건 대통령이건 다스리는 게 시원찮으면 갈아치우는 일을, 상대적으로 대수롭지 않게 행했다. IT에 대해서도 받아들이는 게 더 빠르고, 용어도 별 희한한 신조어들이 하루가 멀다고 쏟아지고 있다.

전엔 일본 십 년 후에 한국에서 그게 나타난다고 했지만, 이젠 그 모습을 일본에서, 한국 십 년 전 것을 볼 수 있다. 우리에겐 이제 사라지는 풍경인, 집과 가까운 공원에서 부모와 아들, 딸이 함께 놀이하는 장면을 일본에선 아직도 흔하게 볼 수 있다는 점 등이다. "아, 여기선 아직은 가정의 풍경이 여기저기서 보이는구나." 그들은 아직도 나이에 맞게 행동하지 않으면 주변의 엄청난 압박을 받는 것 같다. 같아지려고 애쓰고 그렇지 않으면 이지메의 표적(Bullying)이 될 수 있기 때문이다. 한국에 대한 일본 여행자가 한국의 일본 여행자보다 적은 것은 아마도 전에 갔던 그 모습이 일본은 지금도 유지되고 있어서인 것 같기도 하다. 오랜만에 갔더니 그 모습이 아니면 대개 실망하지 않나. 이런 걸 보면 너무 빨리 변하는 것도 좋은 것만은 아닌 것 같다. 〈겨울연가〉에서 욘사마를 보러 왔던 일본 아줌마들이 지금은, 한국에 왔던 예전의 그 모습이 아니라면 그걸 좋게 받아들여 다시 한국을 찾을 수 있을까.

일본은 여권(女權)에 대해 더 소홀하고 보수, 진보가 번갈아 가며 집권하지 못하고 대체로 국민이 고분고분하다는 느낌이 강하다. 남의 일에 간섭하기 싫어하는 것과 알아서 하겠지, 하는 정서가 그들 주변에 드리운 것 같다. 또한 융통성이 없는 것 같기도 하다. 한국에선 곧 잘 통하는 사정을 얘기해도 매뉴얼만 되뇔 뿐 융통성이 없다. 또한 외침을 덜 받았다며 순혈주의를 내세우고 남의 것을 잘 받아들이지 않아 국산 제품만 애용하고 외부에도 잘 나가지 않아 세계적 흐름에 어두워 갈라파고스 현상이 발생하는 것도 사실이다. 인구가 1억 2,000만 명인데, 그중 기독교 인구가 100만 명도 안 되는 것만 봐도 충분히 짐작이 간다.

일본과 한국, 모두 나름대로 장단점이 있다. 지금은 그 장단점의 정의(定義)도 모호하지만 하여간, 나는, 자기의 장점, 천부(天賦)를 살려 보다 더 나은 나와 세상을 꿈꾸는 것에 이걸 이용하면 좋겠다는 생각뿐이다. 역시 자기만의 타고난 것을 잘 살리는 게 가장 최선이라고 생각한다. 푸른 별 지구를 파괴하면서까지 개발하고 발전하는 것만이 능사는 아니라고 본다. 이제, 더불어 살아가야지 않겠나. 자기에게만 하늘이 고유하게 부여한 것으로.

그건 나도, 사회도, 국민도, 잘 안 바뀌는 것이다. 안 바뀌니까 그대로 받아들이고(땅을 치며 한탄해 봐야 무슨 소용인가?) 그걸로 뭘 할 건지 정하는 게, 보다 현명하고 더 잘 사는 비결 아닐까.

현실엔 불합리한 게 너무 많아

우리가, 지금의 민주주의를 누림에 있어 결과만 놓고 보면, 김재규가 박정희를 죽인 건 너무 잘한 일 아닌가? 누가 했더라도 해야만 했던 것을 그가 속 시원히 대신해 줬기에. 나는 김재규와 이해관계가 없다. 오히려 나는 군인과 검찰조직, 군 조직 이런 걸 체질적으로 좋아하지도 않는 사람이다. 굳이 조폭 조직과 구별하고 싶지도 않고 나도 가끔 남들처럼 군대에 다시 끌려가는 꿈을 꾼다. 폭탄주와 피를 섞은 독주를 나눠 마시면서 조직에 충성을 맹세하고 또 배신자에게 보복하는 집단들이라 솔직히 그 차이를 모르겠다. "검사가 수사권 갖고 보복하면 깡패." 이렇게 당사자가 말한 것을 정권이 바뀌면 어김없이 실천하니 둘은 확실히 닮은꼴이다. 여기서 김재규는, 한 인간이 아니라 그런 행위를 한 사람을 말하는 것이다. 고유명사가 아니라 보통 명사다.

하고 싶은 걸 못 하는 독재(獨裁)가 좋은가. 모두의 방향이 제각각인데도, 사람 하나하나의 개성을 무시하고, 계속 돌격 앞으로가 말이 되는가. 자기가 가진 것을, 맘껏 발현할 수 있는 민주적 환경이 좋은가. 말할 것도 없이 후자(後者)일 것이다. 그가 그런 행동을 했기 때문에 독재가 끝장난 것이다. 민주 사회의 씨앗이 그때부터 자라기 시작한 것이다. 인정할 건 인정해야 한다. 계속 입 다물고 있는 게 능사는 아니다. 이것만은 분명히 알고 있어야 한다. 모든 결과는 그냥 우리에게 주어진 게 아니란 것을. 지금 〈서울의 봄〉이 절찬리에 상영 중인데 이 영화를 봤으면 한다.

그동안 얼마나 울화통이 터지고 "만인이 우러러보는 그의 실체는 이게 아닌데!"라고 속으로 끝없이 되뇌고, 실은 그것과 반대인데 국민이 너무 오해를 터무니없이 하고, 그래서 더는 국민을 속이면(국민은 실상도 모르고 영웅으로 떠받드니, 그럴 게 아니라 독재 정권이 국민을 상대로 프로파간다를 전개하면, 이 한마디만 하면 된다. "지랄하고 있네!") 안 된다는 사명(使命) 같은 게 속에서 일었던(진실에 대한 갈구라고 해두자.) 건 아닐까.

겉으로 국민이 볼 때, 박정희는 가장 믿었던 심복에게 총살당했다. 가장 안전하다는 안가(安家)에서 외부의 적만 너무 의식한 나머지 내부의 적에게 그대로 당한 것이다. 오죽했으면 김재규가 그랬겠나? 평소 부하 관리를 어떻게 했길래 가장 믿었던 최측근에게 앉은 자리에서 당하냐? 아니, 나라 통치를 어떻게 했길래? 최후가 그게 뭐냐? 김재규는 어떻게 될지 자기 앞날을 뻔히 알면서도 그걸 감행했다. 영화

임상수 감독의 〈그때 그 사람들〉이나 우민호 감독의 〈남산의 부장들〉을 보고 미뤄 보면, 자기도 도저히 안 되겠다 싶었던 것이리라.

그도 성공했다면 박정희나 전두환처럼 될 것인데 혁명 과업을, 실패했기에 영웅이 아닌 국민의 역적이 되어 사형을 당했다. 그 이상도 이하도 아닌 바로 그것이다. 그 둘과 김재규는 다를 게 하나도 실은 없다. 누가 성공했고 실패했느냐만 다를 뿐이다. 누군가는 반드시 해야 할 일을 어쩌면 결과적으로 자기가 앞장서 독재자를 처단한 것이다. 이건 평가가 곤란한 팩트다.

그 내부 사정(자기들끼리의 권력 암투, 인간적 모멸(侮蔑)에 대한 피의 보복)이야 모르겠고 어쨌든 그를 죽임으로써 독재가 종식되었다. 독재는 영원하지 않으며, 독재자의 말로는 결국 이렇게 끝난다고 손수 재연(再演)한 것이다. 그런데 그와 그를 도운 자들을 사형시켰다. 물론 나중에 역사가 더 정확히 평가하겠지만 그는 독재를, 그 총 한 방으로 끝낸 것이다. 역사는 아직도 자기 좋을 대로, 자기 관점에서만 평가되고 해석된다. 어느 정권에선 독립군이었다가 빨갱이로, 어느 정권에선 친일파였다가 자유세계의 진정한 수호자로 떠받들어진다. 누가 집권하느냐에 따라 그 평가가 다르고, 그것을 이용하는 자도 반드시 있다.

시민과 대학생들이 부산과 마산에서 물러나라고 들끓었고 경호실장 차지철은 이들을 탱크로 쓸어버리자고 했고, 그렇게 하기로 의견을 모았다. 그렇게 외쳤어도 꿈쩍도 안 하던 독재 정권을 김재규가 총탄으로 1979년 10월 26일 그날부로 초개(草芥)와 같이 날려버린 것이다. 조직의 붕괴는 외부의 저항보단 내부의 분열로 일어나는 경우가 더 많다. 내부에 배신자만 없다면 외부의 저항이 오히려 내부 결속에 많은 도움이 되기도 한다. 그래서 전에, 국민들이 정권에 비판적일 때 뜬금없는 간첩 조작과 댐이 무너져 서울이 물바다가 될 수 있다고 엄포를 놓은 것이다. 그게 먹혀들어 가니까 자꾸 써먹는 것이다. 국민을 우습게 보는 것이다. 그런 외부의 적을 이용해 내부 분열을 막자는 것이다. 그런 걸 봐서, 그 의도만 순수하다면 내부 고발자는 모두를 위해 꼭 필요한 존재일 수 있다.

얼마나 고마운 일인가? 나와 가족과 나라를 위해서 어떻게 보면 우리를 위해, 나라의 장래를 위해 자기 몸 하나 희생하고 간 것이다. 나는 김재규를 두둔하는 게 아니다. 그런 사람을 계속 푸대접하고 무시하는 대신 원인과 본질을 파악하는 게 더 중요하다는 거다. 덮는다고 해결될 문제가 아니다.

아마도 법이 없던 원시 시대였다면 그에게 총살이 아니라 상을 줬을지도 모른다. 시대의 구국 영웅으로 만인이 떠받들었을 것이다. 모두를 위해 희생한 그를. 그가 누구든 사람을 죽이면 안 된다는 그 법은 그를 죽일 수밖에 없는데도, 실은 말이 안 된다.

현실은 인간이 궁극으로 추구하는 것과 안 맞는다. 그걸 향해서만 가야 하는데 가다 보면 엉뚱한 곳으로 가고 있는 어리석은 인간들을 목격한다. 정의(正義)의 관점에서 말이 안 된다. 의식하지 않고 같이 가다 보면, "지금, 뭐 하자는 거지?" 하는 소리가 절로 나온다.

지금 하는 꼴을 봐도 그렇다. 더 큰 목적은 지방 살리기와 청년 경쟁 완화, 이로 인한 출산율 회복인데 당장은 총선 표를 위한 포퓰리즘으로 위성 도시를 더 합쳐 서울을 확대하려고 있다. 이상(理想)과는 반대로 가면서 자기 이미지 관리와 인기 유지를 위해 엉뚱한 짓만 한다. 국민과 시민을 위한 게 아니라 자신만을 위한 조치다. "지금, 뭐 하자는 거지?"

불합리하다. 모순투성이다. 인간 세상엔 이런 게 실은 한두 가지가 아니다. 이걸 따르면 저것에 어긋나고, 저걸 지키면 이것에 어긋나는 그런 게 실은 많다. 그것엔 또 일관성도 없다. 만든 자의 자의에 따라 조삼모사(朝三暮四)가 된다. 귀에 걸면 귀걸이 코에 걸면 코걸이다. 법의 신뢰는 땅에 떨어졌다. 그러니 인간 세상의 오묘하고 복잡함을 법으로 다 해결하고 다스릴 수 있다면 말은 망상이고 오만이며 무식의 발로다. 법이 나일론 줄이 되게 한 건 사회 지도층과 기득권, 법을 만지작거리는 카르텔들 탓이 크다. 자기들만을 위해 법을 아주 십분 활용한다. 자기들에겐 한없이 관대하고 약자에게 한없이 엄격하다. 모든 인간은 또 법 앞에 자유롭지 못하다. 그냥 가만있는 사람도 법을 씌워 단죄할 수 있다. 관점에 따라 멀쩡한 사람을 범인으로 얼마든지 몰 수 있다. 이러니 법을 믿겠나?

그는 모두를 위해 잘했고 그러면서 모두를 위해 자기 한 몸 희생했는데, 결과적으로 아주 잘할 것인데도, 그를 사형시키는 이런 세상이 과연 잘 돌아가는 세상이라고 보는가? 그는 저승에서, "그 많은 사람 중에 왜 하필 내가?"라고 할 것이다. 그는 총대를 멘 것뿐이다. 그런데도 그의 이야기라면 아직도 쉬쉬한다. 그래서 현재 자꾸 사적 보복이 난무하는 거다. 실제는 그게 어려우니까 드라마나 영화로 만들어서 가상에서만이라도 자기가 하고 싶은 것을 하면서 배변(排便)하고 카타르시스(Catharsis)를 느끼려는 것이다.

인간이 만든 것엔 맹점이 많고 시간에 따라 변하니 믿을 건 못 된다는 것만은 확실한 것 같고 그게 진리인 것 같다. 뭐든 안 변하는 게 없고 인간이 정한 것은 절대적인 건 절대 없고 언제나 상대적이라는 거. 그리고 인간은 언제나 불완전하다는 거. 흠이 많다는 거. 이것만은 변하지 않는 진리다. 그러니 겸손이 필수다. 뛰어봤자 부처님 손바닥 안이다.

어느 걸 택해야 하나?

겉으로 선을 주장하는 위선자(僞善者)가 나은가, 겉으로 악을 주장하는 위악자(僞惡者)가 나은가? 나는 전자(前者)가 더 낫다고 본다. 인간은 자기가 말한 거 특히, 여러 사람 앞에서 주장하는 걸 지키려 하고, 정상적인 인간이라면 그 주장과 실행이 일치하지 않으면 인지 부조화(認知不調和, Cognitive Dissonance)라고, 그걸 고통스러워한다.

그래, 실은 진보주의자가 결과적으로 재산이 더 적다. 그들은 속은 어떨지 몰라도, 살면서 결과적으로 부정 축재(不正 蓄財)를 덜 했기 때문이다. 부자가 천국에 들어가기는 낙타가 바늘구멍에 들어가기보다 어렵다고 하는데, 이 말은 그가 살면서 오로지 자기 자신과 자기 부(富)만을 위해 남에게 해를 끼쳤다는 것을 의미하는 것이다. 남에게 못된 짓을 하지 않고는 부자가 될 수 없다는 말이다. 그리고 그들의 주장과 실제가 안 맞을 때 그 괴리(乖離)를 지적하고 벌을 내리려고 하면 자기 목숨을 스스로 끊는 자가 진보주의자 중엔 더 많다. 인지부조화라는 그 고통을 견디지 못해 스스로 목숨을 끊어버림으로써 마지막 양심을 지키는 것이다. 보다 인간적인 모습이다. 이런 자들이 승부에서 살아남아야 인류는 보다 인간적이 되어 더 평화로워진다.

그러니 결국, 진보(進步)가 보수(保守)보단 그래도 낯이 두꺼운 철면피가 더 적어 인간이 사는 세상에선 더 낫다고 볼 수 있다. 더 인간에 가깝다. 우리가 인간인 이상, 가장 인간적인 게 더 나은 거 아닌가. 동물보다는. 여긴 동물이 사는 곳이 아니지 않은가. 인간인데 동물에 더 가까우면 그는 인간 세상에서 해로운 존재다. 인간이라면 인간다워야 한다. 위선자들은 적어도 자기의 주장대로 살려고 노력은 한다. 그래야 계속 살 수 있기 때문에, 그리고 조금이라도 더 나아지려고 하기 때문에.

반면, 위악자들은 자기주장대로 "나는 겉과 속이 적어도 같은 사람"(이 말은 자기는 인간도 아니란 거다. 솔직히 겉과 속이 같은 사람이 어디 있나? 속에 있는 걸 그대로 하면 그게 동물이지 사람인가?)이라며 그래서 자기주장대로 악을 저지르는 것을, 무슨 떳떳한 일인 양 떠벌리기도 한다. 그래서 죄를 저질러도 부끄러움을 모르고 뻔뻔하다. 자기는 속에 있는 걸 필터링 없이 그대로 했다면서. 사람의 얼굴을 하고 있으나 속은 짐승이다. 인면수심(人面獸心)이다. 수치심으로 스스로 단죄하지도 않는다. 죄를 짓고도 뭐가 그렇게 당당한지 고개를 빳빳이 든다. 이런 자들이 승부에서 이기면 세상 참 볼만할 것이다.

이들은 인간에 대해 몰라 그런 것일 수도 있다. 알아도 단면만 안다. 사실 인간은 속과 겉이 같으면 제대로 살지 못한다. 다 장소와 때에 따라 자기 페르소나를 갖고 그 역할에 충실하며 살아가는 것이다. 때와 장소에 따라 수시로 변하며 자기 몫을 할 뿐이다. 그러면서 자신이 이상(理想)으로 둔 것에 가까이 가려고 노력하며 살 뿐이다. 이게 바람직한 인간형이다. 시의적절하게 자기 안면을 잘 바꾸는 사람이 더 건설적이고 긍정적이라고 한다. 회사에서의 상사(上司)와 가정에서의 가장(家長)이 같을 수는 없다. 위선적인 사람이다. 겉으로 착한 척하는 것이다.

속에 있는 것을 어느 정도 감추기 때문에 인간 세상이 그런대로 돌아가는 것이다. 이태원 참사를 방송에서 보고 자기 자식도 그 시간에 거기에 갔으나 참변을 모면해 "너무 다행이야!"라고 겉으로 어떻게 표현하나? 희생자와 유족을 생각해서 인간으로서 차마 입 밖으로 내지 못하는 것이다. 동물처럼 하면 너무 많이 상처를 주고받는다.

동물은 상처가 없는데 인간은 있다. 동물은 다만 본능에 충실할 뿐이고, 인간은 감정이 있기 때문에 상처받는다. 이 차이로 인해 인간이 동물처럼 하면 세상이 엉망이 된다. 본능적으로 사는 동물은 예측이 가능하다. 그러나 인간은 감정이 있기 때문에 예측이 안 된다. 동물의 세계에선 일어나는 사건이 뻔하다. 그래 감정이 있는 인간이 예측이 가능한 지구상의 모든 것을 통제하게 되었는지도 모른다. 인간 세상에선 언제 무슨 일이 일어날지 모른다. 예측이 안 되고 벌어지는 일에 대해 그럴 수도 있다고 생각하는 게 정신 건강에 오히려 좋을 정도다. 모든 상상할 수 있는, 아니 상상조차 안 되는 가능하지 않은 일이 다 일어날 수 있기 때문이다. 인간이 가진 감정 때문이다. 동물처럼 배부르면 멈춰야 하는데, 계속 먹으려고 한다.

　인간은 감정이 있어 상처를 받아, 서로 보복하고 나중엔 증오가 증오를 부른다. 피의 악순환이다. 자기 속에 있는 것을 그대로 발설하거나 행동했다간 세상이 무법천지가 되고 쑥대밭이 될 것이다. 아수라장이다. 그래 대부분은 속에 있는 것을 참으며, 최소한 인간으로서의 품위를 지키기 위해 절제하며 사는 것이다. 예(禮)가 있고 그것을 강제한 법(法)이 만들어진 배경이다. 이게 정상적인 인간들이 사는 모습이다. 다분히 위선적이다. 어느 정도의 위선이 인간 세계를 지탱하는 건지도 모른다.

　그런데 위악자들은 인간에 대한 기대가 너무 크다. 누가 정해 준 것도 아닌데, 양심도 없이 스스로 참칭(僭稱)한 '인간은 만물의 영장(靈長)'이라며 인간에게 너무 많은 것을 기대한다. 다분히 인간 중심적인 사고다. 그 결과로 돌아오는 건 상처뿐이다. 그러면서 자신은 속았다며, 배신당했다며 그 잘못을 남한테 돌린다. 자신이 인간의 실체를 진작 모른 것은 모르고. 인간도 일종의 동물이고, 자연의 일부에 지나지 않는다. 확실히 동물인데, 아슬아슬한 이성(理性)으로 살짝만 가린 껍데기를 벗기면 그대로 동물이다. 언제든, 이성이 마비되고 감정이 드러나면서 겉과 속이 일치하는 동물이 모습을 보일 수 있다. 평화 시에만 이성이지, 위급 시엔 동물임이 적나라하게 드러난다. 이성으로 살짝 가려진 동물에게 너무 많은 기대를 한다.

　주식도, 모든 경제 상품의 마케팅도 모두 인간의 감정에 따라 들쭉날쭉하고 그것에 호소하는 것이다. 별로 실용적이지도 않고 터무니없이 비싸기만 한 명품 소비도 인간의 감정이 그렇게 만들어낸 것이다. 인간이 이성적 동물이라고 하지만 중요한 결정은 감정에 좌우되는 경우가 더 많다.

　인간은 이성으로, 위선으로 살짝만 가려져 있고, 그걸 벗기면 동물에겐 그냥 본능이지만 인간은 감정이 섞인 표리일체(表裏一體)의 동물적 모습이 드러나 무슨 결과를 야기할지 예측이 불가능하다. 어떤 것도 일어날 수 있다는 실체를 알아야, 그나마 인간 세상이 덜 폭력적으로 된다.

　인간이 인간을 너무 과신하고 있다. 위대한 인간이 결국 모든 문제를 해결할 것이라고 오만을 떤다. 그런데 그 결과가 뭔가. 오늘도 여기저기서 전쟁이 끊이지 않고 지구는 곧 아무도 살지 못한 곳으로 무한 질주하고 있지 않은가. 오히려 인간에 대한 걸 내려놔야 인간 세상에서 더 잘 살 수 있고, 남에게 적어도 해코지는 안 한다. 모든 건 충분히 일어날 수 있는 일이고, 그럴 수도 있다고 생각해야 개방적이고 포용적으로 살게 된다. 그게 아니면 반듯한 인간의 고정 틀을 만들어 거기에 남까지 욱여넣으려고 되지도 않는 용을 쓸 수 있다. 남을 가스라이팅(세뇌)하고 자기 생각을 주입하려 든다. 각자 자기 틀은 자기가 만들어 살게 둬야 한다. 너무 희망을 품고 기대만 잔뜩 하니까 여기저기서 사달이 나는 것이다. 차라리 뭐든 의심하며 사는 게 낫다.

그냥 덤덤하고 약간 어둡고 냉소적으로(Cynical) 사는 사람이 타인에게 덜 해롭다. 그들은 다 사람에겐 자기 몫의 삶이 있고, 그것에 내가 이러쿵저러쿵 관여할 자격도 없다며 열린 상태에서 겸허하게 받아들이며 산다. "음, 그럴 수도 있지." 한 사람 한 사람, 그의 인생 모두 알고 보면 나름대로 소중하고 가치 있다고 보는 것이다.

또한 인생은 우주적으로 봐서 찰나이고 한때의 물거품에 지나지 않는다고 동시에 보는 것이다. 알고 보면 인생은 참 덧없다고 보는 것이다. 가치 있으면서도 한편으론 공허하다고 보는 것이다. 상세하게 보면 가치 있지만, 전체적인 흐름의 하나로 보면 부질없다고 보는 것이다. 한 마디로 규정하기 어려운 모순덩어리라고 보는 것이다. 20세기 천재 철학자 비트겐슈타인이 "말할 수 없는 것에 대해서는 침묵해야 한다"고 그런 것처럼, 남의 인생에 자기가 간여한다고 해서 그게 그렇게 큰 의미가 있다고 보지 않는다. 그냥 그 사람은 그 사람의 궤도를 돌게 두는 것이다. 자기가 뭔데 거기에 간여하나? 어차피 인생은 찰나(刹那)에 불과하기에 굳이 그럴 필요가 있느냐는 것이다. 사람과 그 삶에 대한 깊은 통찰에서 나온 결론 같다.

대신 뭔가 해보겠다며 설레발치며 사는 인간이 오히려 "왜 너는 나처럼 안 하냐고, 내가 이렇게 모두를 위해 노력하는데 넌 도대체 뭐하는 거냐?"며 그를 자기처럼 만들려고 닦달하고 개조하려 덤비니까 결국 남에게 크나큰 위해를 가하게 되는 것이다. 자기 외의 남은 다 지금 엉뚱한 짓만 하고 있고, 바보처럼 보이는 것이다. 자기한테 중요한 게 남에겐 안 그럴 수 있다는 걸 모른다. 감히 각자 생각이 다른 남을, 획일화시켜 일사불란하게 움직이게 만들려고 한다. 그런 자들이 권력이라도 쥐게 되면 사람들이 영문도 모른 채, 그들에 의해 몰살당할 수도 있다. 사이코패스 연쇄살인범보다 더 해로운 자들이다. 그 수에서 게임이 안 된다. 고작 많아야 수십 명과 수백만 명. 히틀러, 스탈린, 마오쩌둥, 폴 포트 등이 사람을 얼마나 죽였나? 사람 목숨은 다 똑같은 건데, 누군 사형시키고 누군 영웅 대접을 한다. 사정을 모르는 외계인이 보면, 지나가는 소가 웃을 일이다. "지구인들, 왜 저러지?" 흥분해서 사람들을 자기 앞으로 헤쳐 모이게 한다. 말도 안 되는 어리석은 생각이다. "열심히 하려면 너나 해라. 왜 남까지 그 대열에 끌어들이려 하냐?"

어떻게 보면 위악자들이 더 인간에 대해 몰라 순진한 것이고, 사람과 세상에 대한 공부를 덜 한 결과다. 한마디로 무식한 것이다. 무식하면 쓸데없이 용감하고 그래서 위험하다. 많이 알수록 소심해진다. 선무당이 사람 잡는 것이고, 책을 한 권만 읽은 자다. 인간과 세상에 대한 여러 가지 경우를 모른다. 자기 생각만 최고인 줄 안다.

남자의 여자들

일본 소설을 읽고 있으니 갑자기 드는 생각이다. 남자는 나이가 들어도 여자 생각이 난다. 하지만 나이가 들었기 때문에 실제로 매력적인 여자가 옆에 있어도 어떻게 못 한다. 기력이 쇠했기 때문이다. 그래서 비아그라 같은 게 필요한 것이다. 그래도 젊을 때하곤 같지 않다. 나이 든 남자는 생각은 있지만 몸이 말을 안 듣는다.

남자는, 아직 어리면 그래도 순수한 여자를 원한다. 그러나 여자와 어느 정도 관계가 있었던 남자는 직접적인 육체관계부터 하려고 든다. 그것은 안 해 봤느냐 해 봤느냐의 차이다. 나이 든 여자도 마음에 드는 남자가 있으면 그것부터 하는 걸 그렇게 거부하지 않는 것 같다. 성에 대해 더 대담한 것이다. 하나 마나 한 당연한 얘기지만.

그리고 중년의 여자는 보다 신중(이것도 그동안 경험이 있기 때문에 당연하지만)해서 불같은 사랑보단 자신이 너무 아닌 것을 안 하는 남자를, 큰 하자가 없으면 어느 정도 인정하는 것 같다. 좋은 남자보단 못된 남자가 아닌 남자를 원한다. 살면서 별 남자 없음을 알기에 그런 것이다.

이상적인 남자의 여자관계는 이런 게 아닐까. 세 명의 여자가 있어야 한다. 한 명은 같이 생활하는 여자, 즉 공식적인 부인이다. 밖에서 보면 쇼윈도 부부. 그렇지만 남자도 인간이기 때문에 막고 살아야 하고 자식도 있고 사회적인 체면도 차리면서 살아야 해서 어쩌면 일상에서 가장 필요한 여자다. 인간은 어쩌면 일탈과 사랑은 잠시고, 생활이 대부분을 차지하기 때문에 육체도 이상형도 같이 하려면 이런 일상을 또 무시할 수는 없기 때문이다. 다시 말해 이런 일상 때문에 일탈도 이상형도 찾는 것이겠다.

그리고 하나는 성적 욕구를 충족시키는 여자다. 약간 어려운 여자가 아니라 쉬운 여자다. 그러나 누구나 여자는 자기가 쉬운 여자로 보이는 것을 그렇게 두려워한다. 자기는 도도하고 어려운 여자로 비치길 원하지만 그게 또 자기 마음대로 되는 것도 아니다. 도도하고 차도녀로 보이려면 약간 내성적인 여자, 단아한 분위기를 풍겨야 하고 푼수가 아니라 말이 별로 없어야 하는데 이건 주로 타고나야 한다. 조용히 침묵하고 있어 매력 있던 게 아니라 본래 말이 없는 여자였다.

하나는 육체적인 게 아니고 정신적인 플라토닉 사랑을 하는 이상적이고 신비롭고 뭔가 묘한 매력이 풍기는 치명적인 팜므파탈 같은 이상형의 여자를 갖는 것이다. 남자의 이상형인 여자는, 아름다움은 필수고 뭔가 자기만의 유니크하고 알 수 없는 슬픔을 지닌 여자다. 남자가 보건대 한마디로 정의하기 힘든 여자다. 남자의 독특한 취향을 완벽하게 만족시키는 여자다. 남자는 그 여자를 보자마자 사랑에 빠진다. 거기다가 엉뚱미(이상형의 여자이기 때문에 생각했던 것과 정반대의 행동을 하면 그것도 그에게 훅 다가온다. 뭘 해도 흥미롭고 남자의 호기심을 자극한다.)와 변신의 귀재인 카멜레온, 팔색조 같은 여자다. 이상형이니 남자가 함부로 못 한다. 남자는 당연히 자기 이상형이니 그 여자를 무척 아낀다.

그 누구든 남자는 이걸 추구할 것 같다. 옛날엔 권력이 있고, 지금은 돈이 있어 그게 가능하면 언제나 하려고 할 것이다.

다 필요할 때가 있다. 본 마누라(어머니 대역(代役), 물론 나와 가장 많은 시간을 보낸다, 마치 어머니처럼)는 자기가 힘들거나 아플 때 필요하고, 섹파는 뭔가 결핍이 있거나 자기 자신이 초라해 뭔가를 정복하고 싶을 때 필요하고, 이상형은 현실이 지겹고 신물이 날 때 뭔가 그것을 보고 계속 앞으로 가고자 할 때 필요한 것이다. 뒤의 둘은 일시적이고 일탈적으로만 필요하다. 현실에서 못 벗어나는 남자에게 한편으로 도구에 불과하다. 본 마누라가 그런 것까진 갖고 있을 수는 없으니까.

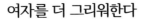

여자를 더 그리워한다

세상엔 공기처럼 너무나 당연해서 그냥 넘어가는 경우가 많다. 공기같이 당연한 거지만 문득 어느 날, '이건 왜 이런 거지?' 하며 그 이유를 나름, 없는 상상력을 동원해 파고들고 싶을 때가 있다. '이건 왜 이럴까? 아마, 이런 이유 때문 아닐까?' 하고. 너무나 당연한, 팩트에 가까운 현상(現狀)을 앞에 놓고 그것의 원인을 추정해 보는 것이다. 현상과 추정에 편견이 들어갈 수는 있다. 그래도 할 수 없다. 내가 아는 범위는, 지금은 이것뿐이니까.

여기서 '여자를 더 그리워한다'라는 말은, 나는, 남녀 차이에서 비롯된 것이라고 말하는 건지도 모른다. 그런데 실은 남녀 간에 차이가 없을 수 없다. 바로 이런 것에서, 여자는 다른 여자가 한 남자를 사랑한다는 걸 금방 안다(그 여자도 그 남자를 동시에 사랑할 수도 있다, 삼각관계). 그러나 옆의 다른 남자들은 눈치채지 못하고 사랑을 당하는 당사자인 남자까지도 그걸 모를 수 있다. 여자들끼리는 쉽게 알 수 있는 것도 남자들은 쉽게 알지 못한다. 여자는 남자에게 좋아한다는 신호를 보내지만 남자는 모른다. 그런데 그 신호를, 옆에 있는 여자들은 금방 눈치채고 있다. 이런 거. 과연 이런 차이를 노력으로 극복할 수 있을까. 내가 여기서 말하는 현상(現狀)은 이런 걸 말하는 것이다. 차별이 아니다.

여자를 더 많이 기억한다. 아버지와 어머니가 죽으면 어머니를 딸이든 아들이든 더 많이 기억한다. 어머니가 더 일찍 죽으면 대체로 남아 있는 남자는 더 일찍 죽는다. 어머니만 남아 있으면 더 오래 산다. 이런 걸 보면, 여자가 남자에게 의지하며 산다고 하지만 실제로 생활에선 남자가 여자에게 더 의지하는 것이다. 처음엔 기댈 만한지 여자가 판단해 같이 살지만, 살다 보면 오히려 남자가 더 기대는 결과가 된다. 대개는 그렇게 되고 만다.

그리고 혼자 사는 동안에도 남자가 여자를 더 그리워하며 납골당에 더 잘 찾아간다. 어머니가 죽은 아버지 얘기하는 것보다 남아 있는 아버지가 죽은 어머니 얘기를 더 많이 한다. 그건 나이가 아무리 들어도 멈추는 법이 없다. 속으로 '그때만큼 좋았던 때가 없었어. 이럴 줄 알았다면 더 잘해줄걸!' 아마 이런 비슷한 생각을 하는 것 같다.

왜 그럴까? 여자들 특유의 친밀감이나 가벼운 집착, 관계지향형 때문일까? 서로 얽히고설킨 애증(愛憎)의 누적 때문일까? 남자는 주로 과거를 먹고 살고 여자는 현재를 살아, 이미 지나간 것보단 현재에 더 충실한 것 같다. 여자처럼 체념하며 현실에 적응하며 잊고 새로운 삶을 살아야 하는데, 과거에서 못 벗어나니 지금 더 그리워지는 것이다. 사람에 대한 건 사람으로 잊어야 하거늘, 이게 오고 가고의 자연의 이치거늘, 여자는 놓아 버리지만, 남자는 붙들고 놓을 줄을 모른다.

왜 이렇게 되었는가? 상대적으로 말투부터 더 무뚝뚝하고, 여자처럼 같이 하는 게 아니라 혼자 처리하려고 덤벼서? 그리하여 지금까지 쌓은 게 부족해서? 있을 때 잘하지 못해서? 남자는 골치 아픈 일은 그냥 혼자 처리하려고 한다. 그런데 여자는 그런 일일수록 같이 해결하려 하고, 그걸 함께 이루었을 때 뭔가 뿌듯함을 느낀다. 남자는 목적 자체를 달성했을 때 성취감을 느끼지만, 여자는 함께 하지 않은 것엔 별 의미를 두지 않는다. 이러니 어떻게 남자가 기억에서 이길 수 있을까? 이게 게임이라면 보나 마나 백전백패다. 승산이 없으니 다른 길을 택해야 한다. 앞으로는 어떻게 될지 모르지만 하여간 지금은 그렇다.

결국 남자는 남과 같이하는 절대적인 시간이 부족하다. 만나도 별 얘기도 없고 그냥 술이나 좀 들어가야 시끄럽게 떠들지만 다음 날 그걸 기억하는 사람은 별로 없다. 술을 마시며 여자와 비슷한 시간을 앉아 있었어도 기억나는 건 별로 없고, 그것도 안 좋은 기억만이 남자의 머리를 지배한다. 주사(酒邪) 부린 시간! 그러나 여자는 식당에서 그냥 밥이나 먹으면서도 아주 장시간 대화의 꽃을 피운다. 그리고 엄마가 자식에게 전화를 10번 한다고 했을 때, 아빠는 1번 정도밖에 안 한다. 통화도 짧고, 내용도 딱딱하고 용건만 간단히 주고받고 끊을 뿐이다. 이러니 서로에게 남는 게 없다.

남녀 간의 목적에서도 차이가 난다. 남자는 '만남(얼굴 한 번 보는 거)'을 위해 대화 핑계를 대는 거고, 여자는 '대화(수다 떠는 거)'를 위해 만남 핑계를 댄다. 또, 여자가 더 현실적이란 말은 들어봤다. 아, 그래서? 여자는 현실에, 가진 모든 에너지를 다 쏟는데, 남자는 현실에만 있는 게 아니고 과거도 그리고 또 다른 엉뚱한 생각을 한다. 즉, 여자처럼 가족이나 가까운 친구를 우선해서 모든 게 수렴(收斂)되어야 하는데, 남자는 그것 외에, 그게 실은 그들의 기억에서 유리한 건데도 정치 문제나 세계 평화 같은 거창하기만 하고 현실에 밀착되지 않은 허황된 것을 추구하는 것이다. 이런 결과 결국 그 누구에게도 덜 기억되는 인류의 반쪽이 된 게 아닐까. 결과적으로, 여자가 남아 있는 사람에게 더 많은 걸 남겼기에 그렇게 된 건 아닐까. 그게 뭐든.

안인가, 밖인가?

　사람은 지금 자기 모양과 자기가 앞으로 되고 싶은 그런 사람을 더 따른다. 자신이 이루고 싶은 것을 이미 이룬 사람을 동경(憧憬)한다. 자기 앞날의 모습이기 때문이다(이건 바뀌기도 한다).

　따름을 당하는 삶은 사회에서 잘 적응하며 사는 사람이 대부분이다. 부모가 자식에게 바라는 사람은 바로 이런 사람이다. 고생을 피하고 무난하게 살 것 같기 때문이고, 부모 자신도 자식 걱정을 덜 때문이다. 자신을 제대로 알기 전까진 부모의 뜻과 대부분은 일치한다. 그러나 그런 사람은 특색이 없고, 그 수도 많아 누가 잘 기억하지도 못한다. 비슷비슷하고 많아, 기억 못 하는 것이다. 무미건조해서. 비슷비슷한 게 많은데 그 하나하나를 어떻게 기억하나. 하나가 전체 같고, 전체가 하나같은데(개미 군집에서 단 한 마리를 특정할 수 있나).

　나는 그처럼 살지 말라는 말을 하려는 것이 아니다. 자기 위치를 정확히 하고, 거기서 자리 잡으라는 것이다. 남의 위치가 아닌 자기 자리에서. 더 나아가 남이 만든 틀에 자기를 끼워 넣지 말고, 자신에게 맞는 틀을 스스로 만들어 거기에 최적화한(Optimized) 삶을 살라는 것이다. 오직 자신에게 맞는 옷을 입고 현재를 한껏 누리라는 것이다. 아주 신명 나게.

"자신만의 규율(規律)과 루틴을 만들어라." 사람들은 남이 만들어 놓은 툴(Tool)과 프로그램을 익히고, 그걸 자기와 자기 일에 적용하느라 평생을 보낸다. 그길 원천체로 보고 거기에 자길 맞춘다는 게 더 옳은 표현이다. 거기서 오류라도 나오면 그 툴의 잘못은 따지지도 생각하지도 못하고 자기 잘못이라며 그 오류의 원인을 자신 탓으로 돌린다. 권위와 고착된 이데올로기에 굴복하는 것이다. 구조적 문제인데도, 자신의 노력이 부족해 그렇게 되었다며 자신만 닦달한다.

그곳에선 이뤄져도 뭔가 빈 것 같고 허전하다. 진짜는 자신의 기질이나 방향과 맞지 않기 때문인데, 그 구조를 바꿔야 자기 운신의 폭도 넓어지는데. 그 툴에 이미 매몰되어 옴짝달싹 못 한다. 소리 소문 없이 자신의 몸과 정신은 그 메커니즘에 이미 녹아 흔적 없이 사라졌다. 나를, 다른 것으로 바꿔치기해도 문제없이 잘도 굴러간다. 디벨로퍼가 치트 키로 유저를 맘대로 주무른다. "까라면 까는 거지. 뭐, 별수 있어!"라며 자신을 시스템의 한 부품으로 전락시킨다.

이렇게 사는 사람은 솔직히 공격을 덜 받는다. 이미 다수에 속하기 때문에 그 안에 있는 사람들이 자기 집단으로 끌어들이려고 하지 않기 때문이다. 대신, 왕따에서 벗어나 남을 왕따시키는 데 일조한다. 남이 만들어놓은 틀에서 안온(安穩)하게 산다. 바깥에 있는 사람은 안의 다수에게 공격을 더 받는다. 자기들이 있는 안으로 들어오라며. 여기가 더 좋다며. 그런데, 이들의 속내를 파고들면 이런 냄새가 난다. 실은 자기가 하고 싶은 걸 용기 있게 그가 해서(솔직히 이들은 용기가 있어서라기보단 다만 자기 자리를 알고 그리로 들어간 것뿐이다.) 그를 별수 없게 만들려는 뺑덕어멈 심보인지도 모른다. 그런 가운데, 자신에 대한 확신이 부족하거나 자신을 모르면, 스스로 공격하기도 한다. "난, 쓸모없는 인간이야!"라며.

인간은 남의 시각으로 보면 별것 아닌데도, 더 심각하게 생각하는 버릇이 있다. 진실보다 더 안 좋게. 인류는 그래서 위기에서 벗어난 건지도 모르지만, 희망과 걱정에서 언제나 걱정이 승리한다. 인간의 이런 불안증을 건드리면 그를, 맘대로 원격 조정할 수 있다. 돈 10,000원을 주운 것보다 5,000원 잃어버린 것에 더 오래 깊이 스트레스를 받는다. 결국 5,000원 번 것인데도. 이래서 인간은 이성이 감정에 지는 것이다(언제나 걱정을 붙들고 사는 인간).

기억이 중요한 건 아니지만, 그래도 잘 기억하지 못하는 것은 인간적인 어떤 매력이 없기 때문이다. 그 매력은 무엇인가? 자기만의 고유한(자기를 맘껏 살린) 색깔이다. 안이건 밖이건, 자신의 자리에서 맘껏 살린 게 겉으로 드러난 모습이다. 그건 자신만의 고유의 색이다. 남을 흉내 낸 것도 아니고, 남이 내 것을 흉내 내기도 어렵다. 이 세상에 유일무이하다. 불안하다고 다수에 들어가 색깔 없이 살지는 말아야 한다. 그럼, 그 속에서 불행해질 수 있기 때문이다. 진정한 자기 색을 못 내는 인생은 불행한 삶일 수 있다. 자기 자리가 아닌 곳에 너무 오래 머물러 자기도 실현 못 하고 불행해지지 말자는 것이다. 인생은, 안 맞는 곳에서 머뭇거릴 만큼 그렇게 길지 않다. 인생은 또 한 번뿐이다. 살면서도 허(虛)하고, 다 살고 뒤를 돌아봐도 여전히 허전하다. 온전한 자신의 삶을 살지 못했기 때문이다.

그렇게 안 태어나고 그러고 싶지 않은 사람은 그렇게 되는 것을 가능하면 일찍 포기하고 자기 뜻에 따라 사는 길을 택하는 게 낫다. 그런 사람은 자기 색깔이 뚜렷해 사람들이 더 잘 기억하기도 한다. '기억'되는 건 결과론적인 것에 불과하다. 자기 자리를 지키며 거기에 온 에너지를 집중한 결과에 지나지 않기 때문이다.

이런 사람이 대부분이지만, 바깥이 안 맞는 사람은 또 그 안에서 살면 된다. 자기 자리를 지키는 게 중요하다. 거듭 말하지만, 안에서 살든 밖에서 살든, 그게 중요한 게 아니라 자기에게 맞는 자리에서 살라는 것이다.

정치판에서 대학 총학생회장을 하며 노동운동과 약자를 위한 활동을 하다 180도 돌아서 이젠 강자와 기득권의 이익을 대변하는 보수 꼴통이 되어 호의호식하는 자들은 본래 그 자리가 아니라 지금 누리고 있는 이 자리가 그들에게 맞는 진정한 자리였던 것이다. 전에 그랬던 것은 젊어서 한때 이는 치기(稚氣)에 불과했던 것이다. 괜히 시간 낭비만 한 꼴이 되고 말았다. 자기 자리를 제대로 찾지 못하는 바람에. "처음부터 본색을 드러냈어야지? 안이 본래 네 자리였던 거였어. 사람이 지조(志操)와 심지(心志)가 있어야지, 뭐야? 사람을 믿었던 내가 어리석었어!"

안(제도권 내부)에 살든 밖(제도권 외부)에 살든 자기에게 맞게 살면 그만인데, 제일 최악인 인간은 밖에 있는 약자들을 이용해(그들을 위하는 척하면서) 자기만 안으로 진입해서 안온하게 사는 자들이다. 변절자인 이들은 약자 때문에 먹고 사는 기득권층보다 실은 더 하등(下等)하다. 약자 편도 안 들 거면서 약자 코스프레를 하며 결국 자기만 안에 안착하려고 약자들을 이용한 자들이기 때문이다. 자기 안위(安慰)와 출세를 위해 약자들을 십분 활용한 것이다.

"정직하게, 처음부터 안으로 들어가지 왜 그랬어?" 내가 바깥의 사람에게 더 편을 드는 듯한 인상을 주는 것 같은데, 맞다. 내가 이렇게 된 건 글을 좋아해서 이렇게 된 것 같기도 하다. 대개 글쟁이들은 반골 기질이 있으니까. 그런데 글을 좋아해 이렇게 된 것인지, 본래 그런 기질이 있어 글을 좋아하게 된 건지는 모르겠다. 어느 게 먼저인지, 아니면 짬뽕인지.

그들은 다수가 있는 안에서만 살아야 잘 사는 거라 착각할 수 있고, 공격을 받아 상처받기 쉽고 자신에게도 확신이 안 서 자신조차 공격할 수 있기 때문이다. 나는 소수이면서 그래서 공격받기 쉬운 편을 들고 싶다. 이건 내가 무슨 튀고 싶은(관종) 공명심(功名心)에서 억지로 그러는 게 아니라 단지 그러고 싶어 그러는 것뿐이다. 열심히 하는 게 아니라 좋아서 열심히 하는 것이다. 안에서든 밖에서든, 나는 내 자리를 지키고 싶다. 안 맞는 자리에서, 불행해지긴 싫다.

그렇게 살아야 진정으로 사는 것이고, 그런 생활 속에서 뭔가 다수가 바라는(부수적으로) 사회적인 성취를 이룰 가능성도 더 커지고, 무엇보다 그 속에서 자신이 아주 행복질 수 있기 때문이다. 그러면 되는 거 아닌가.

길지 않은 인생, 뭘, 더 바라나?

어떻게 되나 인간을 그냥 둬 보자

영화 〈데스노트〉와 소설 〈1Q84〉에서, 사회에서 우리와 함께 사는 나쁜 놈들을 처단하려고 한다. 사적 보복이다. 그러나 이런 인간들은 그 씨가 마르지 않는다. 없애면 다시 태어나고 다른 지역에서 다시 창궐한다. 괜히 풍선 효과만 반복될 뿐이다. 현생 인류인 호모사피엔스가 멸종돼야 해결되는데, 어느 천년에? 그러기 전에 지구가 먼저 멸망한다. 그들은 요리조리 잘도 빠져나간다. 이런 건 인간 중에서 일정 비율로 존재하는 것이다. 착한 사람이나 사이비 교주, 사기꾼, 성소수자의 비율이 그대로 유지되는 것처럼.

소설이나 영화에서 자꾸 이걸 시도하려 드는데, 그래 봤자 현실 세계에선 이런 인간들은 계속 등장하게 되어 있다. 멈추지 않으니까 이런 픽션들이 연이어 생산되는 것이다. 필요악이다. 나쁘지만 원하고 필요하니까 사라지지 않는 것이다. 어떻게 보면 그저 단순한 꿈이거나, 잠시 속만 시원한, 자기만족에 지나지 않을지도 모른다. 근본 대책이랄 수 없다. 흐름에 편승해, 영화 관객이나 더 늘리고, 소설 많이 팔리게 하려는 마케팅 수법에 지나지 않을 수 있다.

 힘도 쓸 곳이 있고, 쓰지 말아야 할 곳이 있는 것이다. 책상머리에 앉아 생각을 정리한 다음, 움직여라. 나대기만 한다고 일이 잘되는 게 아니다. 그냥 그대로 살게 두고 스스로 자체 정화(자정작용(自淨作用))되도록 하는 게 나을지도 모른다. 인력으로 해 봐야 괜히 힘만 빼고 변하는 건 전무할지도 모른다. "그래도 뭐든 해 봐야지"가 안 통한다. 자연법칙, 아니면 우주 법칙에 맡기는 것이다. 그냥 굴러가는 대로 두는 것이다. 용써봐야 부처님 손바닥 안의 손오공이다. 그 끝이 어떻게 되나 지켜보는 것이다. 무책임하다고 해도, "해도 안 되는데 어쩌라고?" 하며.

 지구가 폭삭 망하고 인간들은 그 씨가 마르고 어쩌다 다시 물이 생기고 그게 얼고 용암으로 다시 녹고 그 과정에 우연히 미생물이 생기고 개구리가 육지에 오르면서 자꾸 뛰다 보니 그것에 날개가 돋고 그러는 과정에 인간 비스름한 게 다시 탄생하는 것이다. 그러면서 지구의 역사는 다시 시작되는 것이다. 지구가 리셋되는 순간이다. 그렇지만 또 인간은 진화해 정신 못 차리고 다시 폭삭 망한다. 권력을 손에 쥔 미치광이 정신병자나 독재자에 의한(뜻대로 안 되자 마지막 발악으로) 핵폭탄이나 기후 위기 같은 것으로.

 다른 별도 이런 과정에 있을지도 모른다. 아직은 기술이 딸려 우리가 발견을 못 해서 그렇지. 그걸 발견하기 전에 먼저 지구가 망할 것 같지만. 아마 지구도 이미 이런 과정을 몇백 번 거쳤을지도 모른다. 그때 안 살아봤는데 어떻게 아나? 그걸 전부 겪은 인간이 어딨나? 모르는 일이다. 그냥 둬보는 것이다. 그 끝이 어딘지? 어리석은 인간들이니 무슨 사달이 나도 곧 날 것이다.

　말을 안 듣니, 나도 모르겠다. 지금 인간에겐 뭔가 기대하지 말고 다른 대안을 찾는 것도 한 가지 방법일 수 있다. 극히 위험한 발상이라고 생각할지도 모르겠다. 하지만 이런 생각, 즉 발상의 전환이 오히려 인간에게 위험한 게 아니라 안전으로 가는 첩경일 수 있다. 인간 중심적인 사고가 더 위험할 수 있다. 인간 중심적인 게 더 위험을 키웠을지 모른다. 지금까지 인간 중심적인 사고 때문에 지구가 이 지경까지 되고 말았다. 개선의 기미가 안 보이는데, 어쩌라고?

　무슨 일을 하든지 간에 그것의 목적을 생각해야 한다. 효과를 생각해야 한다. 그게 없으면 헛발질만 하다가 자살골을 낼 수도 있다. 뭐든 이걸 명확히 한 다음 행동해야 한다. 책상머리에 앉아서 깊이 생각한 다음, 행동해야 한다. 우리가 이러는 이유가 뭔가. 사적 보복을 안 해도 되게끔 그런 환경을 만드는 것이다. 그런 가해자와 희생자가 더 이상 나오지 않게 하는 일이다. 그런데 그런 사적 보복으로 그걸 달성할 수 있을까, 생각해 봐야 한다. 방향이 없으면 엉뚱한 곳으로 갈 수 있다. 세상일이란 게 대개는 내 뜻대로 흘러가지 않는 게 정상이다.

냉정하고 유유히 흘러갈 뿐이다. 우리 사정 안 본다. 봐서, 헛수고일 것 같으면 그 관점을 달리해야 한다.

 획기적인 발상의 전환이 필요하다. 월드컵 승부를 점치는 문어, 파울에게 물어보거나, 아니면 인간 중에서 순수한 백지상태의 어린이에게 묻고, 토 달지 말고 그대로 따르든가 해야 한다. 입만 살아 이것저것 재는, 이미 많이 가진 인간들에게 물어봐야 도로아마타불이다. 해결할 마음은 없고 딴생각뿐이다. 염불엔 관심도 없고 잿밥에만 눈독 들이고 있다.

추억의 한 조각

구렁이를 바위틈에서 나오게 하려면 꼬챙이로 그 틈을 쑤셔선 안된다. 그러면 더 깊숙이 들어갈 뿐이다. 그냥 짚을 태워 연기를 넣으면 불에 자기 몸이 타면서도 밖으로 기어 나온다. 그러면 느긋하게 가죽을 벗겨 구워 먹으면 된다.

한겨울 밤, 눈이 수북한 시골에서, 보이는 눈(雪)은 하얗다 못해 눈(目)이 시릴 정도로 짙푸르다. 벌렁거리는 게, 꼭 살아서 숨이라도 쉬고 있는 것 같다. 달빛을 받은 눈의 반짝임이 별의 반짝임을 닮았다. 육각형 눈 조각들이 보석처럼 제각기 빛난다. 이효석의 〈메밀꽃 필 무렵〉의 소금을 뿌린 듯한 하얀 세상보다도 더 황홀하고 신비롭다. 휘영청 밝은 보름달의 빛이 짙푸른 눈에 내리꽂히면 그것에 숨이 막힐 지경이다. 눈이 솜이불 같아 거기에 그대로 드러눕는다. 하늘의 별과 눈 속의 별과 나는 하나가 된다. 내가 그들을 이어준다.

벌집을 튀길 때 벌에 쏘여가며(이때 왕퉁이나 땡삐에 정수리가 쏘이면 그야말로 정신은 혼미하고 몸은 흐물거린다.) 벌과의 사투(死鬪)에 이겨 벌을 몰아낸 다음 그 벌집을 보면 안에 꿀이 잔뜩 들어있다. 벌집 자체가 꿀로 만들어졌다. 벌집에서 꿀만 빨아 먹는 게 성에 안 차, 벌집을 통째로 씹어먹으면 얼마나 진한지 머리가 다 띵할 정도다. 그리고 그 안에 있는 애벌레를 굵은소금만 뿌려 평평하고 넓적한 돌 위에 탁탁 털어 구우면 노랗게 익는다. 그걸, 꿀이 범벅인 벌집과 같이 씹으면 그야말로 천국과 무릉도원이 따로 없다.

우리 고을은 추석날 밤에 거북이 놀이를 하며 지냈다. 수수로 아프리카 토인처럼 꾸미고 키(오줌싸개가 머리에 쓰고 이웃에 가서 소금을 얻어올 때 쓰던)나 짚으로 엮은 이엉(제일 나중에 꼭대기에 얹는), 소쿠리를 뒤집어쓰고 거북이 흉내를 내며 가가호호 방문해 각설이 타령을 하고 음식을 추렴하는 것이다. 집마다 마당을 돌려 질펀하게 놀다가 갑자기 마당에 푹 쓰러진다. 그러면 추장(논바닥 흙으로 얼굴을 검게 칠하고, 수수의 술과 장끼(수꿩) 꼬리털로 머리에 장식하면 진짜 위엄 있는 아프리카 추장처럼 보인다)이 봉당에 올라서서(호롱불에 비친 그의 모습은 늠름하다 못해 말이면 다 따라야 할 것처럼 오금이 저린다.) 주인에게(주인은 자동으로 그에게 꾸벅꾸벅 절을 한다.) "우리 각설이들이 산을 넘고 물을 건너 여기까지 당도했으나 이제 힘이 빠지고 배가 고파 더 이상 놀지 못하고 저렇게 드러누웠으니 한 푼만 보태줍쇼?" 하면 주인은 떡이며 과일, 고기, 각종 지짐이 등 추석 음식을 내주는 것이었다.

음식의 양이 적거나 고기나 술이 아닌 장떡이나 깨떡같이 질이 낮으면 거북이들은 일어날 생각을 안 한다. 추장이 오케이 사인을 보낼 때까지 꼼작 않고 있다. 그러면 주인은 추장의 비위를 맞추느라 일단 추장 앞에 주안상을 봐오고, 부엌으로 가서 갖은 음식을 바가지에 수북이 담아온다. 그러면 추장이 비로소 큰 소리로 "주인께서 우리에게 동냥을 주셨으니 자, 한바탕 신명 나게 놀아보자꾸나!" 외치면 쓰러졌던 각설이들이 일제히 일어나 마당을 다시 빙빙 돌려 "얼~씨구 씨구 들어간다. 절~ 씨구 씨구 들어간다. 작년에 왔던 각설이 죽지고 않고 또 왔네. 잘난 사람 잘난 대로 살고, 못난 사람 못난 대로 산다. 세상은 요지경, 요지경 속이다. 얼~씨구 씨구…" 하며 품바 타령을 배를 두드리며 구성지게 늘어놓고 다음 집으로 향하는 것이었다. 지금도 이곳에선 '품바 축제'가 지역 행사로 해마다 열리고 있다. 오웅진 신부가 이런 거지(품바, 각설이)들을 모아 재워 주고 입혀 주고 먹여 준 곳이 바로 이곳 '꽃동네'로 탈바꿈한 것이었던 것이었다.

원래 이 지역의 거북이 놀이는 키와 이엉, 지게 소쿠리를 뒤집어쓰고 거북이 흉내를 내는 놀이였다. 그 당시에 타잔이 유행해서 그 타잔에 나오는 아프리카 토인과 추장을 보고 응용한 것이다. 수숫잎을 엮어 허리에 두르고 어깨에 걸치면 도롱이(옛날에 비 오면 쓰는 우비)를 쓴 것과 비슷한데 거북이 놀이와 섞여 있었다. 그래서 동네 마당에선 전통적 거북이와 타잔의 아프리카 토인들이 섞여 함께 놀았던 것이다. 그땐 우리 동네는 가난해서 TV가 없어 다른 마을까지 원정하러 가서 토요일(그 당시 토요일도 반 공휴일이라고 오전 수업을 함)에 하는 타잔을 보았다. 주인은 문지방에 걸터앉아 20원씩 받고 입장시켰고, 발을 안 씻고 온 사람은 발을 씻고 다시 오라고 돌려보냈다.

 개구리밥에 침을 발라 논 뒤의 개구리가 많이 서식하는 곳에 대고 있으면 개구리가 그걸 덥석 문다. 그걸 낚시하듯 낚아채면 개구리가 딸려 오고(어느 때는 두 마리나 세 마리가 한꺼번에) 땅에 패대기치면 찍소리도 못하고 뻗는다. 그걸 물오른 버드나무(껍질은 벗겨 호드기를 만들어 불고) 꼬챙이에 줄줄이 꼬여(꼬치를 만들어) 담배 찌는 건조실의 불이 이글거리는 시퍼런 화덕에 집어넣고 구우면 금방 익어, 없는 살림에 또 한 끼가 해결되는 것이었다. 이 시절은 배에 찬 것, 밥 내려간다고, 배 꺼진다고 뛰지도 못하게 했다. 너무 심하게 뛰어놀면 진짜로 엄마가 부지깽이를, 아버지가 지게 작대기를 들고 뛰어왔다. 이러니 한 끼를 개구리로 채우고 밥 달라는 소리를 안 하면, 그게 부모에 대한 진정한 효도였다. 한국은 참으로, 눈부시게 변했다. 이게 불과 50년 전 일이다.

 TV도 없던 긴긴 겨울밤, 아이들이 몰려나와 동네 공터에서 말뚱구리와 도망구리를 하며 놀았다. 밤이 깊어져 가는 줄도 모르고 놀이는 멈추지 않는다. 전기도 안 들어오던 때라 가로등도 없어, 별빛과 달빛을 친구 삼아 아이들은 놀이에 여념이 없다. 밤하늘의 서늘한 별빛이 아이들의 머리 위에서 선명하고 맑게 빛났다.(아이들은 이런 식으로 뛰어놀며 커야 하는데, 요즘 애들은 불쌍하다. 한편 나는 좋은 시절을 보냈다고 본다. 참 행운이었던 것 같다. 왜냐면 사람은 이런 '추억의 한 조각'을 가슴 한쪽에 묻고, 그걸 밑천 삼아 살아가기 때문이다.

60년대 시골은 먹을 게 풍족하지 않았다. 추수도 끝나고 밤이 길어지기 시작하는 가을날 밤(몸도 마음도 덩달아 여유로워진다.) 배가 고파 잔칫집으로 밥 훔치기를 하러 가는 것이다. 이처럼 인간은 한가해지면 딴생각을 하게 되어 있다. 딴생각이 나쁜 것만은 아니다. 인생의 과정에서 꼭 필요할 수도 있다. 그래야 자기 삶을 한번 돌아보게 된다. 농번기에는 일만 한다. 여유가 없다. 오직 그것만 한다. 그것만이 진리인 양. 몸에 힘이 잔뜩 들어가 있다. 이 딴생각이 인간을 진화시켰고, 문명과 문화를 탄생시켰다고 본다. 운동도 보면 몸에서 힘을 빼라고 한다. 복싱도 수영도 골프도 하나 못해 운전도 몸에서 힘을 빼라고 한다. 사실 힘이 몸에서 빠지는 순간, 이제 어떤 경지에 올라선 것이다. 젊을 때도 몸에 힘만 잔뜩 들어가 뭔가 마구 덤빈다. 그 시절도 나름 좋은 것인데도, 이제 그럴 필요까진 없었다고 깨닫는 순간인 중년과 노년이 다가온다. 몸에서 힘을 뺀 시기이다. 그리고는 자기의 삶을 뒤돌아본다. 이제 '추억의 한 페이지'를 펼쳐본다.

부엌문을 열고 이때 끼이익 소리가 얼마나 큰지, 주인이 깰까 간담이 서늘했다(그땐 TV나 인터넷 등이 없어 이웃 할머니가 마실 와서 무서운 옛날얘기를 들려주어 늦게까지 안 자고 눈을 말똥거리기도 했다. 그런 불 켜진 집은 그냥 지나쳤다). 가마솥에 있는 밥과 고기를 훔칠 때, 저학년 애들은 어두워서 주변의 식기들을 발로 차거나 무거워서 솥뚜껑을 쾅 하고 놓치기도 한다. 그때 한 놈이 킥킥거리며 웃으면 전체로 전염되어 한바탕 웃음이 터져 나와, 그 소리에 드디어 주인이 깬다. 그러면 '걸음아, 나 살려라!' 하고 냅다 도망치는 것이다. 양동이에 쓸어 담은 온갖 기름떡과 삶은 고기, 술을 뒷동산에 둘러앉아 실컷 포식한다.

그때 막걸리에 취해 몸이 핑핑 도는 가운데(술에만 취하는 게 아니라 밤의 정취에 취하고 동무와의 우정에 취하고 사는 맛에 취한다.) 일어나 보면 지난여름 장마 때 산소 여기저기가 파여 죽은 사람의 뼈가 보이는(이때 겉으로 드러난 인(燐)이 반짝거려 사람들은 이를 도깨비불이라고 불렀다.) 공동묘지(추적추적하고 비만 오면, 처녀 귀신의 한 맺힌 곡소리가 마을까지 들리는 곳이라 낮에도 혼자 가기를 꺼리는 곳이다. 누군 공동묘지 밭에서 어둑해질 때까지 일하다 집으로 돌아올 때 뭐에 씌었는지 그 귀신과 얘기를 하며 왔다고 하고, 누군 한밤중에 사람 기척이 있어 깨어보니 자기 옆에서 자다가 슬그머니 나가는데 바로 그 처녀 귀신이었다고 하는 말도 전부터 전해오고 있다.)에서 술에 취해 뻗어 자고 있는 나를 발견한다. 순간, 술이 확 깨면서 혼비백산 그곳을 절대 돌아보지 않고 탈출에 성공하는 것이다.

한겨울밤, 초가집 처마 밑에 손을 넣으면 굴뚝새가 잠을 잔다. 이때, 온기가 있고 뭔가 뭉클하면 거기에 새가 있는 것이다. 가끔 뱀이 손에 잡히기도 한다. 그걸 잡아 낮에 서리해 놓은 닭과 함께(서리한 닭은 아무도 모르게 상여를 두는, 곳집의 오동나무 관에 미리 쟁여놨다.) 사랑방에 마련한 화롯불에 구워 먹거나 삶아 먹으면서 새끼 꼬고 멍석을 뜨며 길고 지루한 겨울밤을 온통 지새우는 것이었다.

자기 아름다움을 모른다

아름다운 여자가 있다. 여자들은 그녀가 자기의 아름다움을 모르기 때문에 질투보단 용서를 택한다.

양아치가 그녀에게 접근한다. 그녀를 이용하려고 한다. 그러나 그녀는 거의 모든 사람이 자신에게 지금까지 친절하게 대해주었기 때문에 그 양아치도 그럴 거라고 속단한다.

아름다운 여자는 현실에 어둡다. 남이 알아서 거의 해 주기 때문이다. 그냥 미소만 짓고 있으면 된다. 앵커를 비롯해 겉으로 똑똑해 보이는 여자들이 사기꾼에게 당한다. 그들의 사탕발림을 그대로 믿는다. 세상이 자기 아름다움처럼 마냥 아름답다고 생각하기 때문이다. 왜냐면 거의 모든 사람이 예쁘면 다 용서되듯이 조심스럽게 잘 대해 주기 때문이다.

이들은 왜 이럴까? 우리는 지저분한 곳을 골라가며 쓰레기를 버린다. 주변이 너무 깨끗하면 그냥 쓰레기를 갖고 간다. 그러다가 지저분한 곳을 발견하면 거기에 슬그머니 버린다. 지저분한 곳이라고 마구 버린다. 거긴 쓰레기와 어울린다며.

 대부분이 나쁜 짓을 하는 몇 안 되는 사람에 자신이 포함되긴 싫다. 그런 사람들이 많으면 그래도 좀 낫다. 그러나 사람은 자신에게 솔직할 때 좀 더 나아진다고 본다. 실은 이게 전부나 실체가 아닌데도, 바르고 좋은 것만 보여주려고 할 때 그 반작용으로 그림자는 더 짙어지는 법이니까.

 어린아이에겐 가능하면 좋은 것만을 보여주려는 심리와 같다고나 할까. 지켜줘야 하는데, 자신이 발 벗고 훼손하면 뭔가 죄를 지은 것 같기 때문이다. 그걸 망가뜨리면 자신은 나쁜 인간이 된다. 그렇게 되면 자신감이 사라지고, 당당하게 살아갈 수 없을 것 같기 때문이다.

 화려한 백화점이나 고급 레스토랑에 갈 때 한껏 멋을 부리고 간다. 거기 격에 맞추려는 것도 있고, 괜히 주눅 들기 싫은 것도 있지만, 자신을 지키려고, 그들이 나를 더럽히지 못하게 하려고, 뭔가 지켜진 것은 함부로 하지 못하고 존중하려고 하니까.

 그러나 가끔 뭣도 모르는 양아치들이 이들을 훼손하려고 덤빈다. 그렇게 훼손될 그녀들이 아니다. 진흙탕에 아랑곳없이 피어오르는 연꽃이 더 아름답다. 그러나 그런 그녀를 잘 아는 착한 남자가 그런 늑대 같은 남자들을 막아준다. 그녀는 그 남자 안에서 안전하다. 이제 그들은 아무도 없는 무인도에서 둘만 남은 것처럼 서로를 돕고 산다. 둘 중 하나라도 없으면 그들은 아무것도 아니다.

장면은 급변해, 실제 그런 환경(무인도나 광활한 우주공간에 그들만이 존재하는)이 그들을 에워싼다. 범위가 없는 이 광막한 공간에 그 둘만이 있다. 슬프지만 존재한다. 이런 상황을 일본 애니메이션에서 곧잘 볼 수 있다.

〈은하철도 999〉의 메텔(글썽이는 커다란 눈을 하고 웃음이 없고, 검정 옷만 입고, 수직으로 떨어지는 긴 머리칼을 하고 지나치게 슬렌더한 몸매)처럼 신비하고 성에 눈뜨지 않아(아니면 어떤 이유로 그걸 잃어버려) 이성에 관심이 없는 신비롭고 아름다운 여인이 아무런 의심도 사심도 없이 자신의 파트너인 남자, 철이(남자의 외모는 그녀에게 중요하지 않다)와 함께 우주 공간에서 뭔가를 추구한다.

그건 그들에게 해야만 하는 임무이고 사명이다. 남자는 그래도 가끔 두근거리지만, 그녀는 다만 그 남자에게 그런 걸 전혀 느끼지 못하고, 순연(純然)하게 그들의 공동 사업을 수행할 뿐이다. 그 사업이란 것도 끝도 없고 이룰 수도 없으며, 공허만이 존재할 뿐이다. 무한 허무의 세계. 절대 고독의 스페이스. 그들의 세계는 시작도 끝도 없다.

그들은 탑승한 열차는 뫼비우스의 궤도를 달린다. 그러나 그들은 은하철도를 타고 오늘도 앞으로 나아간다. 이유도 모른 채. 알아도 도착하면 허무뿐. 끝은 또 다른 시작이다. 목적지를 향하는 건지, 다시 처음으로 돌아오는 건지 그저 앞으로 갈 뿐이다. 연기를 내뿜으며 기적 소리와 함께. 멀어지는 열차의 꽁무니는 소실점이 되어 사라진다. 무한의 우주 공간을 끝도 시작도 없이 꼬리에 꼬리를 물고, 영원히 유영(遊泳)한다.

아름답다. 인간 세계에선 분명 축복받고 환영받을 일이지만, 그들이 지금 있는 곳은 미추(美醜)의 구분이 없다. 더 가엾고 슬픈 것은 그가 광활한 우주가 아닌 인간 세계에 있다면, 아니면 죽지 않고 살아 있다면(저세상으로 가면 몸도 영혼도 우주 속으로 흩어진다고 믿기 때문에), 남들의 축복을 받고 그들에게 큰 힘을 줄 거라는 기대 때문이다.

아름다워도 소용없고 미워도 소용없다. 자신의 미모를 알더라도 다 부질없는 짓이다. 나는 남을 통해 아는 건데, 그 남이 없다. 이제 자신의 미모를 알지 못하게 되었다. 아름다움을 잊어버렸다. 그저 그들의 사명을 위해 앞으로만 갈 뿐이다. 숭고하다. 슬프다.

신비에 싸인, 그러나 자신의 아름다움을 모르는 여자는, 현실에서 로맨스를 꿈꿨다. 감히 훼손하면 안 될 대우를 받아왔다. 그래 자신은 얼마든지 그럴 수 있다고 믿었다. 이 순간의, 그런 자신감과 희망을 응원한다. 그 순수한 아름다움에 따르는 영광도. 그걸 힘껏 지켜주고 싶다. 그 이상향(理想鄕)을. 신비롭고 슬픈 향수(Nostalgia)를.

2부

일상에서 하는 일

작가의 관찰력

작가한테 관찰력이 우수하다고 하는데, 그건 아닌 것 같다. 그들이 그런 건 책을 많이 읽고 글을 많이 써서 생각이 발달했기 때문이다. 관찰력이 남달라 작가가 된 게 아니라 작가가 된 후 관찰력이 발달한 것이다. 아니, 생각이 발달한 것이다.

상상력도, 이게 이미 있어 글을 쓰게 된 게 아니라 쓰다 보니 상상력이 는 것이다. 사물을 보는 시각도 여러 개로 증가하고, 인간도 여러 인간을 간접 경험하면서 동시에 한 사람이 오직 한 사람이기만 한 것도 아니라는 것을 알게 된다. 인간이 가진 생각이 무수히 많지만, 작가는 그것을 언어로 적절히 끄집어내기도 한다. "맞아, 내 생각이 바로 그거야!" 하게 만든다.

언어와 생각이 서로를 돕는다. 언어는 생각을 돕고 생각은 언어를 돕는다. 서로 선순환하는 구조다. 서로를 돕는 신비로운 힘을 가지고 있고 그 힘은 가히 폭발적이기까지 하다. 또한 세상이 작가에게 다가

오는 모습도 다채롭다.

　남들은 그게 쉽지 않을 수도 있지만 그들에게선 생각이 계속 나온다. 계속 겉으로 노출된다. 어떤 주제에 대해 문득 생각하고 그걸 메모한다. 그리고는 그것에 대해 쓰다가 뭔가 생각지도 못한 다른 생각이 생겨난다. 이제 새로운 주제가 생겼고 그것에 대해 쓰는 것이다. 쓰다가 다른 주제가 또 떠오른다. 주제가 꼬리에 꼬리를 문다. 생각의 끝이 다른 생각의 시작이 된다(그게 글의 중간일 수도 있다). 한 생각으로 그것에 대해 쓰다가 거기서 다시 영감을 얻어 다른 생각을 탄생시키는 것이다.

　생각의 발달은 이처럼 신비롭고 폭발적이다. 이런 게 차곡차곡 쌓이면 자기만의 유일하고 단독적인 콘텐츠가 만들어져 AI가 주도하는 세계에서도 능히 버티며 살아날 수 있다.

　이미 작가 반열에 오른 글쟁이는 그래서 계속 글을 쏟아 낼 수 있는 것이다, 아니 생각을. 작가는 글을 잘 쓰는 사람이라기보단 남들이 생각 못 한 생각을 겉으로 나열하는 사람이다. 생각을 나열하면서 보다 정확한 표현을 위해 언어를 다듬는다. 그러다가 다른 생각이 떠오르고 그걸 여기에 삽입한다. 새로 생겨난 생각은, 기존 생각을 언어로 표현(글쓰기)하지 않았다면 생겨나지 않았을 생각이다. 그래서 언어와 생각은 서로를 돕는 것이다.

생각을 표현하지 않으면 생각이 발달하기 쉽지 않다. 왜냐면 생각을 언어로 구사하면서 생각이 정리되고 비로소 그 생각은 자기 것이 되기 때문이다. 아무리 위대한 위인들의 아포리즘이라도 쉽게 자기에게 와 닿지 않는 것은 이런 과정을 거치지 않았기 때문이다.

작가에게 이런 환경(독서, 글쓰기, 생각 역시 송나라 문인 구양수가 주장한 다독, 다작, 다상량은 글쓰기에서 진리에 가깝다. 실은 여기서 생각은, 많이 읽고 많이 쓰면 저절로 생긴다. 그래서 다상량은 생각이 아니라 고쳐 쓰기, 즉 퇴고라는 설도 있다)만 주어진다면 어떤 이야기도 생각도, 아이디어도 글로 내보낼 수 있다. 마그마처럼 폭발적으로 뿜어낼 수 있다.

평범해야 하는 화자

소설에서 화자(話者)는 대개 현실에서 흔히 볼 수 있는 평범한 사람이다. 이들은 화자이면서 주인공이고 독자는 그를 작가라 칭하기도 한다. 그의 말은 작가가 하는 말이라고 생각한다. 이때 화자가 일반인과 다르게 너무 뛰어나면 리얼리티가 부족해 독자를 실망시킨다. 그래서 작가는 화자를 독자와 같은 평범한 사람으로 캐릭터화한다.

전체 줄거리가 허무맹랑해도 디테일에 오류가 존재하면 독자는 공감하지 못하고 신뢰도는 추락한다. 가령, 외계인이 지구에 착륙해 지구인의 몸에 침투해 살아가는 1990년대 초 배경의 이야기에서 사람들이 핸드폰을 너무 자연스럽게 사용하는 게 나오면 심각한 오류에 해당한다. 이는 마치 전쟁에서 사람을 죽이는 것은 괜찮지만 평시에 사람을 죽이면 살인으로 용서가 안 되는 것하고 비슷하다고나 할까. 결국 많이 죽이면 영웅, 하나 죽이면 살인자란 말인데, 작은 건 용서가 안 돼도 큰 건 어떻게 못 하는…? 이렇듯 다수 독자의 평범한 시각으로 이야기가 전개돼야 이해받는다. 화자는 일반 독자에게 감정이입이 돼야 한다.

　그는 작은 걸 지키기 위해 결국 작가의 뜻이 반영된 큰일을 하는 인물을 돕는다. 대개의 이야기는 이런 식의 구조를 띤다.
　화자는 처음부터 큰 뜻이 있는 건 아니지만 그 큰 뜻을 이루려는 사람을 자기 개인적인 작은 일을 하다가 돕는다. 화자는 그에게 물든다.

　작가는 자신이 직접 말하는 게 아니라 하고 싶은 말을, 그걸 하는 인물을 통해 전한다. 독자는 화자를 작가라고 대개는 생각하기 때문에 그에겐 안 시키고 그 옆에 있는 낯선 사람(좀 이상하고 대개는 일반인이 아니며 괴짜에 가까운)에게 시킨다. 그래야 독자를 더 잘 설득시킬 수 있기 때문이다. 화자는 생활의 일을 하지 큰일(일상과 동떨어진 뜬구름 잡는 일)은 하지 않기 때문에 이상한 놈이 하는 게 맞다.

　면전에서 자길 칭찬하면 빈말로 들려 잘 믿지 않는다. 대신 누가 그러더라고 하면 칭찬으로 받아들인다. 그걸 듣는 자신은 물론 기분이 좋다. 그런 게 진짜 칭찬이기 때문이다. 독자도 마찬가지다. 작가가 하는 이야기를 주인공이 아닌 좀 이상한 사람(우리와 얽히지 않은 '아싸')에게 시켜야 더 진실 같아 보인다. 대개 그런 일은 아싸들이 곧잘 하기 때문이다. 아무것도 안 가진 자들이 더 홀가분하게 일한다.

　화자(주인공, 작가)는 이미 마음속 깊은 곳에 큰 것이 자리 잡고 있어 현실에서 그걸 행하는 괴짜를 돕게 된다. 대개는 그가 그걸 이미 가지고 있어 괴짜를 돕지, 괴짜를 돕다가 가지는 경우는 잘 없다.

지금 그라운드에서 연습하는 축구 선수는 손흥민 선수 같은 뜻을 품고 있어 손흥민이 잘되도록 응원하고 실제 그게 가능하면 도우려고 할 것이다. 그는 손흥민에게 물든다.

분명한 건, 이들은 손흥민 같은 꿈을 품고 있다.

작가에게 화자는 현실을 사는 사람이고 그걸 행하는 좀 낯선 사람은 작가의 이상을 실현하려고 노력하는 사람이다. 둘 다 작가의 분신이다. 현실적인 어려움은 화자의 몫이고 그것을 넘어서는 꿈은 낯선 (현실에서 한발 물러선) 인물의 몫이다. 화자는 축구 꿈나무들(현실)이고 좀 이상한 사람은 손흥민(이상)이다. 이들은 모두 작가이기 때문에 작가는 그들을 모두 사랑한다. 현실에선 어쩔 수 없이 화자지만 그의 이상은 역시 괴짜같이 사는 삶이다.

겉모습은 화자지만 그의 내면은 온통 괴짜가 차지하고 있다. 그는 괴짜의 이상을 실현하는데 현실에서 화자의 모습을 띠면서 소중한 에너지를 낭비하지 않고 비축하고자(이렇게 하지 않으면 힘을 엉뚱한 곳에 쓴다는 걸 알기에) 그걸 소중한 이상 실현에 쓰고자, 현실에선 화자의 모습을 띠고 있는 것이다.

이야기에도 균형이

화자(작가)가 누구냐에 따라 이야기가 확연히 달라진다.

만약 화자가 20대 여성이고(이게 대개는 책에서도 자기의 이런 특수 조건에서 벗어나기가 쉽지 않은데), 아마도 그만의 서사가 주로 다뤄져 독자는 그에게 감정 이입되면서 그를 더 잘 이해하게 된다.

이게 불행이라면 불행이고 한계라면 한계인데, 당사자는 자기 이야기만 쓸 수 있다는 거. 20대 여성이 50대 남성의 이야기를 쓰기도 힘들거니와 쓴다고 해도 많은 곳에서 왜곡(자기 시각으로만 판단)이 발생하거나 핍진(逼眞)하지 않은 이야기(왜냐면 거기에 흥미와 관심이 없으니까)를 그런 양 그대로 전달할 위험이 있기 때문이다. 피력되는 대상의 내부 정서나 감정이 아닌 어디서 들었거나 겉으로 보이는 것만 갖고 쓸 수밖에 없다. 이러니 남의 이야기는 가물에 콩 나듯이 볼 수밖에 없는 것이다.

그리고 악인 빌런(Villian)은 자기, 화자에겐 이해하기 어려운 사람이 맡게 되어 그의 서사는 넣어도, 마지못해 넣어 그냥 아무 서사 없는 악만 저지르는 인간이 된다. 그러니 그는 그저 나쁜 새끼에 불과하게 된다.

이걸 보는 그가, "나는 이게 다가 아닌데"를 느끼게 만든다는 점에서 억울할 수 있고 그의 서사가 안 밝혀져 그는 실제보다 더 악하게 받아들여질 수 있다. 그가 진짜 그러는 이유를 아무도 모른다. 그러나 화자인 20대 여성은 실제보다 그의 생각과 행동이 더 잘 이해받을 수 있고 더 공감되게 서술될 수 있다. 이런 실정이니, 누군 실제보다 더 좋게 누군 실제보다 더 안 좋게 표현될 수 있다는 점만은, 그래도 알고는 있어야 하겠다.

책을 오래 많이 읽어온 독자라면 이런 걸 감안해, 이 이야기에서(아니면 요즘의 출판 흐름에서) 소외된 부류에 대해 억울할 수도 있겠구나, 하는 생각을 할 수는 있지만 그런 작가만 계속 나오면 모든 것에 균형이 깨져 편견이 굳어질 수 있다. 지금까지 가부장적 남자의 서사들만 넘쳐나서 불이익을 받은 여성들의 희생이 묵과되고 덮인 것처럼 싸움에서 한쪽 말만 듣는 게 아니라 양쪽 말을 다 들어봐야 하기에 이런 일이 반복되는 일(너무 한 쪽 소리만 들리는)은 없어야 한다.

작가도 골고루 배출되어야지 한쪽으로 치우치면 한 계층만 이해받고 다른 쪽의 생각은 묵과되고 무시되기 일쑤다.

그런 게 고착되지 않도록 사회는 약자인 여성과 장애인 등에게 백

미터 달리기에서 앞서 달리라고 하는 것이다. 모든 면에서 기울어진 운동장을 살피고 그런 게 발견되면 기울어지지 않게 균형을 잡는 노력이 멈춰져선 안 된다. 이건 모든 분야에서 고려돼야 마땅하다. 그리고 너무 큰 흐름에 묻혀, 소리를 내지만 들으려 하지 않고 그래 안 들리는 분분은 없는지 살피고 일부러라도 사소한 소리를 발굴하는 노력도 게을리하면 안 될 것 같다. 우리 자신도 혹시 이런 것에서 편식하고 있지는 않은지 살피는 건 물론이다.

그런 것 같다. 만약 성소수자의 글은 자기들만의 이야기여서 이성애자에겐 공감을 얻기 힘들다. 오히려 혐오 대상이 될 수 있다. 이런 건 어쩔 수 없다. 자기 이야기만 쓸 수 있고 그는 그것만 쓰고 싶은 거. 하여, 여러 계층의 이야기가 동시에 편재(遍在)되는 그런 사회가 다양성 면에서도 건강하고 좋은 사회 아닐까. 너무 큰 물결이 작은 물결을 완전히 덮어 버리기 전에.

다만 글을 쓸 뿐 다른 생각은 없어

"아무리 자기 멋대로 돌고 싶어도 주변에서 그걸 허락하지 않아. 그래서 안정이란 걸 얻게 되지만 자유가 없지."

– 소설 <용의자 X의 헌신>
물리학자 유가와 친구인 수학 교사 이시가미의 대화 중에서

남들, 특히 나와 친한 사람은 곧잘 그런다. 책을 읽고 글을 쓰면서 어떻게 그것밖에 행동을 못 하냐고, 좀 모범을 보이라고. "글을 쓴다면서. 그럼 쓰겠냐?"고.

실은 나는 인간의 모범에 대한 글을 쓴 적이 없고 오히려 그걸 비판하면서 약간 꼬인 듯한 시각으로 글을 주로 쓰는데, 그런데도 그런 말을 듣는다. 나는 그런 글을 쓰고 싶지도 않고, 더 정확하게는 그런 글을 아예 못 쓴다. 그러면 나 자신이 용서가 안 되기 때문이다. 그런 글은 이미 여러 사람이 쓰고 있고 나까지 거기에 보탤 필요는 없다고 본다. 그보다 더 큰 이유는, 그런 글은 내 전공 분야도 아니고 그런 글을

쓴다면 나와 남을 모두 기만하고 있는 것 같은 기분이 들기 때문이다. 그런 글이 그렇다는 게 아니라 내 글이 아닌 글을 다른 이유로 쓰면 그렇다는 것이다. 글은, 자기에게 맞는 글을 다른 이유보다 우선하는 게 가장 중요하다고 보기 때문이다.

나는 평소에는 가식을 떨어도 글을 쓸 때만큼은 가능하면 솔직해지자는 주의다. 나와 남을 지상(紙上)에서만이라도 속이지 말자 주의다. 여기서만이라도 진실에 가까워지자는 것이다. 여긴 내 순수의 장(場)이고 싶다. 그리고 실질(實質)을 숭상한다. 다시 말해 평소가 95이고, 글 쓸 때가 5라고 하면 그 5만큼이라도 좀 솔직해지자는 거다, 실질적으로. 이러니까 죽어라 버티는 건지는 모르겠지만.

이걸 보면 실은 내 글을 읽은 적이 없고 읽었어도 그냥 수박 겉핥기로밖에 안 읽었다고 볼 수밖에 없다. 그러니 글을 쓰는 사람에 대한 일반적인 선입관을 그대로 가진 채 그걸 나에게도 적용했으리라. 글을 쓴다는 이유로 그렇게 행동해야 한다는(그들이 원하는 방향으로, 그렇게 하지 않으면 뭔가 잘못된 것이라고) 압력을 받고 있는 것 같다.

물론 친하니까 위한다면서 비판하기 위해 그런 말을 하겠지만, 책을 읽고 글을 쓰는 나를 보며 남들도 같은 생각을 한다고 생각한다. 단지 그들이 나와 친하지 않으니까 대놓고 말하지 못할 뿐이라고(그러니까 말을 편하게 할 수 있는, 친한 사람이 오히려 상처를 더 많이 준다는 말도 그래서 맞는 것 같다). 나도 전엔 작가들의 위선적인 행동을 비판해 온 사람으로서 나도 그들에게 더 엄격한 사회적 잣대를

들이댔으니까.

이것도 실은 내 생각의 틀에 그들을 맞춘 것뿐이었다. 프로크루스테스 침대처럼 사람을 침대에 맞춘 것이었다. 침대보다 크면 자르고, 침대보다 작으면 몸을 늘이는 작가는 무릇 이래야 하고 그가 작가라고 하고 다니니까 내 생각의 범주 안으로 그들을 잘라 넣거나 구겨 넣어버린 것이다. 그들의 의사는 묻지도 않고 내 마음대로.

실은 그는 내 생각 속으로 들어갈 생각도 없고 절대 내가 바라는(강요하는) 그런 글도 못 쓰고 그리하여 행동도 그렇게 하지 못한다. 그는 한 독자가 생각하는 것과 같지 않은 그냥 다른 한 인간으로 살아갈 뿐이다. 그는 다만 자기 글을 쓸 뿐 다른 생각은 없었던 것이고 지금도 그렇고 앞으로도 그럴 것이다. 책을 읽고 글을 쓰는 게 어쩌면 그의 행동의 전부일지도 모른다. 그는 나름대로 그것으로, 남들이 말하는 '행동'을 하고 있는 것이다. 다른 생각 없이. 전혀 허튼짓이 아니었다. 결국 나 혼자만 북 치고 장구 치고 한 것에 불과하였다.

전투가 아닌 전쟁에서 이기려면 병사만 잘해서 되는 게 아니다. 승리를 기획하는 지휘관이 필요하고, 무기를 보급하고 병력을 수송하는 병참이 필요하고, 전투병이 다치면 치료할 야전병원이 근처에 있어야 하고, 자고 먹을 이동 막사가 필요하고, 하다못해 사기 진작을 위한 걸그룹의 위문 공연도 필요하다. 이것들이 다 전쟁에서 필요한 요소들이다. 이게 유기적으로 연결되지 않으면 전쟁에서의 승리를 장담할 수 없다. 각 분야가 전쟁 승리라는 목표만 갖고 있으면 되는 것이다. 이게 진정한 민주주의 구현이건, 양극화 극복이건, 교권과 학생 인권 조화건, 약자 복지건, 기후 위기 예방이건 그걸 향해 다 같이 나아가면 더 중요한 것은 따로 없다고 본다.

　글은 타고난, 자기가 이미 가진 것이 많이 작용하는 것 같다. 어떻게 하다 보니 할 수 없이 지금 글을 쓰고 있는 나를 항상 본다. 겉으로 봐서 글을 많이 쓸 것 같은 사람은 정작 안 쓰고 약간 외향적인, 그래 글과 거리가 멀 것 같은 좀 뭐랄까 예민한 것과 거리가 멀고 매사 단순하게 생각하고 "그래, 그럴 수도 있지 뭐." 하고 넘어가 버리는 그런 사람이 오히려 상처를 더 많이 받고 섬세한 경우도 많아(겉은 무던하지만 속은 치열한) 그런 사람이 결국 글을 쓰게 된다. 겉과 다르게, 할 수 없이.

　자신도 모르다가 어느 날부턴가 글을 자꾸 쓰게 되는 자신을 발견하며 "내가 왜 이러지?" 하고 MBTI도 맞춰보고 아무것도 모르던(자기 기억엔 없는) 어릴 적 "나는 주로 뭘 하고 놀았어?"라며 부모에게 묻고 뭘 하면 가장 마음이 편하고 가라앉는지, 자기를 돌아보며 비로소 그것들을 알아간다. 자기 무의식에 좀 더 접근한 것이다. 없는 듯 했던 분명 깊이 존재하는 것이 결국 내 내부로부터 빠져나와 내 글의 세계로 내 진짜를 초대하는 순간과 함께.

"남에게 드러내기 어려운 것을 일부러 쓰는 반모범생 기질의 작가들을 더 보고 싶다."

7월 27일 자 경향신문 칼럼, 임경선 소설가의 이 문구를 보고 이 글을 쓸 용기와 영감을 얻었음을 밝힌다. 그것으로 나는 그에게 크게 빚졌고, 그에게 깊이 감사드린다.

나에게서 나온 글은

"자신과 똑같은 생각을 가진 사람을 홀로 멀리서나마 알게 된다는 건, 기쁨 이전에 충만한 위로를 준다. 그게 책의 힘이겠지. 글의 힘이겠지."

– 이응준의 <고독한 밤에 호루라기를 불어라> 중에서

"이런 사람을 위해 썼습니다"라고 글에서 떠들지만 깊은 곳에 들어가 보면 자기 자신을 위해 썼다는 걸 알 수 있다. 왜냐면 결국 그건 자기 것이, 겉으로 튀어나온 것이기 때문이다. 그 글을 읽는, 남의 것이 나온 게 아니다. 이런 게 남에게 도움이 될지 어떻게 아나? 그저 내 생각대로 쓴 건데 글은 남이 아닌 자신의 투명한 그림자(민낯, 흠결)다. 화신(化身)이고 내가 곧 글이고 글이 곧 나인 것이다. 글엔 어떤 형태로든 글 쓴 자의 실체가 드러나게 되어 있다. 스타일과 문체도 속이지 못한다.

그런데 작가가 글에서, 전적으로 거짓말을 하는 것만은 아닌 게 자기를 위해 쓰지만, 또 한쪽 가슴에서는 바라는 게, 어쩌다 내 글을 접하고 그에게 이게 위로와 도움이 되었으면 하는 바람도 없다고도 할 수 없다.

그러니까 결국 자기를 위해 자기에게 하는 소리, 자기에게 힘내라는 자신에게 이로운 자기를 위로하는 자기를 드러내 홀가분해지는 이 세상을 더 살아내기 위한 그런 것이다. 동시에, 어쩌다 내 글을 접하는 그 누군가가 이 글로 좋은 영향을 받았으면 하는 것도 분명히 있다. 더 솔직히는 나와 같은 생각을 하는 사람이 또 있었으면, 하는 생각에서 그를 위해 글을 다듬는다.

내 글이, 상대가 마음에 들어 하면 운이 좋은 거고 아니어도 할 수 없다고 생각해야 한다. 자기가 쓴 글이 솔직히 자기에게만 도움 되고 남에겐 안 될 수도 있는데 모두에게 도움이 된다고 하는 건 남을 속이는 짓이다. 자기가 쓴 글이 결국 자신을 위한 것이란 것을 모르는 자는 아직 글 쓸 준비가 안 된 자이고, 알고도 남을 위한 것이라 우기는 자는 사기꾼일 수 있다. 또 분명한 건, 내가 좋아 시작해야지, 상대방 맘에 들려고 쓰면 상대방도 내 책을 내팽개친다는 역설. 이런 글은 여기저기 흔한 글이 되고 만다. 처음엔 무조건 나부터 시작!

이제, 내 위치가 아닌 그의 눈으로 써본다. 그의 관점에서 퇴고하는 것이다. 일기가 아닌 연애편지처럼 읽는 상대를 생각하며 쓴다. 처음 시작은 자기 속을, 겉으로 드러내기 위해 시작했다. 그러다가 상대가 이 글을 읽는 모습을 떠올리며 이 글로 그에게 뭔가 주고 싶다, 이렇게 끝낸다.

　좌우지간, 나를 위해 쓰는 글로 어쩌다가 남에게 선한 영향을 줄 수도 있겠거니 해야지(아니면 그만이고, "아, 난 아직도 멀었어!" 하며) 처음부터 남에게 선한 영향을 주겠다고 방자하면 그 글은 곧 생명을 잃고, 아니 글을 끼적거리는 글쟁이까지 결국 망하게 된다. 혹시 아냐? 오직 나를 위한 글을 우연히 읽은 누군가에게서 감사의 인사라도 받을지.

　내 글에서, "어, 이거 나하고 생각이 같네"라는 말을 듣고 싶은 것이다. 동시에 상대도 글에서 내 생각을 발견한다. 인간 세계에 머무는 동안, 나를 뛰어넘어 남과 어떻게든 연결 고리를 만들고자 하는 게 인간 아니겠나.

작가는 인상이 안 좋다[*]

작가들은 뭔가에 항상 불만에 차 있고 화가 난 것처럼 보인다. 첫인상이 안 좋다. 가끔 웃더라도 그건 좋아서 웃는 게 아니라 그냥 남에게 보여주기 위한 억지웃음이다. 가면을 쓰고 산다(인터뷰할 때 인터뷰어가 그렇게 인상 쓰면 무서워하는 독자도 있으니 인상 좀 펴고 웃으라고 강하게 주문해서 따른 것뿐이다).

그들이 인상이 안 좋은 것은 사회와의 관계에서 위화감이 있고 내성적이라 대화도 서툴러 그런 것도 있지만 '현재를 살지 않아' 그런 것이다. 이들은 사람을 만나면 에너지를 빼앗긴다. 그래 집에서 혼자의 시간을 보내며 충전해야 하는 것은 필수다. 이걸 건너뛰면 인상이 더 안 좋아진다. 신경까지 예민해지고 포악해질 수도 있다. 이들은 태생이, 다른 사람들보다 외로움을 덜 타고 혼자 하는 것에서 도대체 심심함을 모르고, 혼자 심심하다는 사람을 잘 이해하지 못한다. 그런

---

[*] 이 글은 장강명의 〈책, 이게 뭐라고〉에서 영감을 얻어 썼음을 밝힌다.

데 이들의 집필을 방해하는 요소라도 있다면 그 둘의 결말을 장담할 수 없다.

 현재만 살면 확실히 더 행복하다. 현재를 살지 않기 때문에 그들은 행복하지 않은 것처럼 보인다. 겉으론 분명 그렇게 보인다. 실은 사람들 앞에서만 인상 쓰지 혼자 있을 땐 오히려 행복한 미소를 자기한테 날린다. 그때, 잴 수 없는 희열의 세계가 그들에겐 분명 존재한다. 그것으로 사람들이 섞인 불만스러운 현재를 버티는 것이다. 이들은 행복한 돼지가 아니라 불만에 가득 찬, 고뇌하는 소크라테스의 길을 능히 택한다.

 글을 좋아해 읽고 쓰는 작가들만이 몇십 년 후 몇백 년 후를 고민하고 걱정한다. 현재만 살지 않고 과거도 미래도 통으로 살기 때문이다. 읽으며 과거와 대화하고 쓰면서 미래로, 그들의 메시지를 보낸다. 나는 지금 '현재와 불화 중'이란 메시지를 보낸다. 그래서 그런지 작가들은 비만이 드물다.

 이게 중요해 강조해도 현재에 중점을 두며 사는 사람들은 그 심각성에 대해 귀를 기울이지 않는다. 이래서 작가들은 현재와 현재를 사는 사람들과 불화해서 안 좋은 성격에 성격이 더 안 좋아져 독선적이고 괴팍하다는 말을 늘 듣고 산다. 그래도 작가가 현실을 포기하고 사적인 이야기만 하면 세상은 바뀌지 않는다. 조지 오웰은, 자기가 글을 쓰는 목적 중 하나가 "내가 원하는 세상으로 사람들을 이끌고, 사람들의 생각을 바꾸고자 한다"라며, 이런 정치적 목적으로 글을 쓴다고 했다. 물론 그의 글들(동물농장, 1984 등)은 세상에 지대한 영향을 미쳤음은 물론이다.

작가들이 웃지 않는 것은 이들은 대개 주류(主流)에 대한 반골 기질이 있고, 사회가 그렇게 다 함께 "잔말 말고, 그곳으로 전진!"이라고 외치는 것에 대한 반감에서 그러는 것이다. 그들이 가장 싫어하는 사회 모습은 획일화이고(이들은 한 무리가 뭐를 더 서로 쟁취하겠다고 우르르 몰려가는 것도 싫어한다.) 다양성을 궁극으로 추구해야 할 인간 사회라고 규정해 그런 것이다. 사회 평준화가 아니라 이런 사람도 저런 사람도 다 같이 섞여 살아야 한다고(그들과 그들의 주장들이 다 소중하다고), 생각하기 때문에 인상을 쓰며 사는 것이다.

사회가 요구하는 반듯한 모습이 아니라 고유한 한 인간을 존중해 그의 바람과 그의 독특한 개성을 모두 다 나라도 살려주겠다는 것이다. 아무도 듣지 않는 그의 외침을 나라도 함께 외쳐주겠다는 외침이다. 그들에 나수의 소리는 소음이고, 그 속에 섞여 외치지만 안 들리는 소리에 심하게 귀를 기울인다. 잘 듣고 있다가(아니 그들의 타고난 기질 때문에 그들 소리만 들린다), 이들이 이런 소리를 냈다며 세상을 향해 다시 외친다. 그러나 세상은 이 둘의 소리를 잘 듣지 못한다.

그러면서 그들은 또 한 인간은 복잡해서 한 마디로 짧게 규정할 수 없어 그것에 대해 계속 입을 열고 지금도 지껄이는 중이다. 지금 못다 한 이야기를 나중에 또 생각나면 그에 관해 다시 계속 주절거린다. 그래도 그 사람에 대해 말을, 다 하지 못했다고 한다. 그래서 그들은 한 인간에 대한 의견에서, "그냥, 그렇게 보여." 하는 짧은 말을 혐오한다.

그들은 자기 말을 안 듣는 현재와 타협하지 않는다. 현재에 그저 순치(馴致)하고, 독자의 당장 가려운 부분만 긁어주는 작가는 사이비이며 사쿠라로 본다. 아무런 멋도 없는 맹물이고 맹탕이란다. 그들이 내놓은 글도 그저 좀 인기가 있고 무난하고 거의 대부분의 사람들이 불쾌감을 안 느끼게 다듬은(안전하게 검열을 끝낸) 그저 그런 글인 경우가 대부분이라고 여긴다.

기실 이런 글은, 뼈 때리게 사람들을 각성시키는 그런 글은 아니다. "내 글을 지금 읽고도 감당할 수 있겠어?"라고 현재에 대고 시비를 걸지 못한다. 누구의 심기도 건드리지 못하는 글은 결코 오래 살아남지 못한다. 그들은 스스로 외로이 현재와 싸우는 작가를 진정한 작가라고 보고, 또 역사를 보면 그들은 그들이 사는 동시대엔 대부분은 각광을 받지 못하다가 사후 몇십 년이 지난 후에 그들의 진가를 세상은 알아주었다.

기후 악당, 고기 폭식과 비행기 여행을 자제하라고 해도 잘난척한다고, 혼자만 똑똑하다고, 재수 없다고 사람들은 외면해 버린다. 그러나 곧 수치심을 갖고, 비행기를 타고 여행했다는 말을 숨길 날이 곧

도래할 거라고, 운전대 잡고 차 안에 앉아 있는 게 창피한 일이 되는 날이 올 거라고(그들이 점점 당당해지는 보행자들의 시선에서 벗어나려고 고개를 푹 숙이고 있고, 난 그래서 일본처럼 차 내부가 훤히 보이게 선팅을 없애야 한다고 생각한다, 특히 택시는. 그 안에서 무슨 일이 벌어지는지 외부에서도 알 수 있게), 현재에 우울하고 웃음을 잃어도 그게 그들의 사명이고 숙명이라고 여겨 그 행위를 멈추진 않을 것이다. 그것은 또 그들이 사는 이유이기도 하니까.

현재를 못마땅하게 여기는 태도는 대인 관계에선 전혀 도움이 안 되어 인상을, 작가들이 더 쓰겠지만, 글쓰기와 그 자신과 세상엔 결국 도움이 될 것이다.

흥행 작품

이름 없는 연출자나 작가의 드라마나 책이 베스트셀러가 되었다는 건, 그 모양이 아무런 색깔이 없고 무덤덤하다는 말이다. 작품이 맹탕이란 말이다.

드라마가 너무 내용이 음울하고, 깊고, 어두우면(이런 작품은 현세엔 안 맞고 한 세대가 지난 후 베스트셀러가 될 수는 있다), 남에게 아니, 친구에게까진 소개할지 모르지만, 자식이나 부모에게까지 소개하지 못한다. 그러니 친구까지만 보고 마는 것이다. 관객이나 독자는 거기서 더 나아가지 못한다. 내용이 사랑하는 가족에게까지 추천하긴 뭐해 그런 것이다. 내용이 영 이상한데 자기 가족에게 가서 보라고 하겠나.

그 작품은 남녀노소 누구나 소화 가능한 무난한 작품이란 말이다. 누구나 불만 없고 굳이 욕할 수 없는 작품이다. 그러나 그게 그들의 뇌리엔 오래가지 못하고, 그렇게 큰 영향을 주지도 못하는 것도 어쩌면 너무 당연하다. 정규 방송 황금 시간대에 방영되는 드라마가 대부분 여기에 딱 들어맞는다. 우린 그걸 굳이 따지지 않고 소파에 누워 가볍게 본다. 그러다가 스르르 잠이 든다.

너무 여러 층을 만족시키려고 하면 아무런 맛이 없는 작품이 될 수밖에 없다. 영화도 어느 정도 흥행하려면 너무 잔인하거나 선정적인, 하드보일드한 내용보단 '범죄도시'처럼 단순히 통쾌만 하고 권선징악적인 그런 게 삽입되어야 한다.

그래tj 감독의 주장이 아닌 관객의 눈치를 보고 자기 검열과 사회적 검열을 반드시 거친다. 그런 작품을 보면 내용이 뻔하다. 결론을 이미 예상하고 그러려니 하고 본다. 혹시나 했으나 역시나인 것이다. 내 예상을 절대 뛰어넘지 못한다. 예상을 뛰어넘은 작품이라면 베스트셀러가 될 수 없었다. 보여주는 게 지금 정서에 너무나 잘 들어맞는 지당하신 말씀뿐이다. 세상 문제에 근본적으로 접근하지 못하고 피상적으로 단세포적 재미만 선사하고 제공한다.

말과 글

　말은 그 사람 자체라고 생각하고, 글은 어느 정도 '기능(技能)'이라고 생각해 생활에서 글과 딴판인 사람을 보면 '쓰레기'라고 욕한다. 그러나 사기꾼 중엔 글보단 말을 그럴듯하게 하는 자가 많다.

　예수, 석가, 소크라테스, 공자와 같은 성인(聖人)들을 보면 글보단 그들의 어록(語錄)을 제자들이 주로 기록했는데, 그들의 광범위하고 폭넓은 뜻을 글로는 감히 모두 담을 수 없어 그랬던 건 아니었을까. 글로 다 表現 못 하는 게 있고 글만으로 상상의 나래를 펴 직접적인 표현 그 이상을 얻을 수 있겠다. 영상 같은 요즘의 미디어는 글만 한 상상력 확장의 이점을 따라잡을 수 없을 것 같다. 그래서 현상(現狀)과 글은 서로의 부족함을 보완하는 것 같다.

　글보단 결국 말이 더 상처를 주는 것 같은데, 그런 이유는 말은 바로 얼굴을 보며 하고 자기가 한 말에 대해 변명하거나 다시 고쳐 할 수 있어 그런 것 같고, 글은 제스처나 표정 같은 비언어적 요소를 표현하지 못해 오해의 소지가 있으니까 더 조심스럽고 정리한 다음 기록해 그런 것 같기도 하다. 실제 말을 글로 그대로 옮기면 그 글을 접하는 상대는 심한 '마상'을 입을 게 틀림없다.

글을 보고, 대개 "그 의도가 뭐냐?"라고 묻는데 그걸 작가는 한마디로 말하지 못하고 말처럼 툭툭 던지는 글의 이곳저곳에서, 대수롭지 않은 대화 속에서 은연중에 지나가는 말처럼 한 것, 글의 여러 곳에서 표현한 것이 진짜 작가가 하고 싶은 말일 수 있다. 그러니까 글에서 한 글자 한 글자를 유심히 봐야 그의 의도를 어느 정도는 알 수 있을 것 같다.

말과 글은 서로 돕기도 하지만 아무 관계가 없기도 하다. 말을 잘못하던 사람이 글을 쓰기 시작하면서 말을 잘하게 되는 경우는 여럿 봤다. 자기 생각을 정리해 논리도 더 탄탄해진다. 마치 말을 문어체처럼 해서, 듣는 사람으로 하여금 그의 말을 더 신뢰하게 만들기도 한다. 그러나 말을 잘한다고 글을 전보다 더 잘 쓰는 경우는 본 적이 없다. "말은 그렇게 잘하면서 글 쓰는 거 보ㅓ 바로 깨겠나." 글은 말을 돕지만, 그 반대는 서로 관련이 없는 것 같다.

말이나 글이나 그 흐름에서, 그것을 행한 사람은 그런 의미로 한 말이 아닌데 다른 사람은 다른 뜻으로 받아들이는 경우가 있다. 작가의 글에서 해석의 수는 그 글의 독자 수와 같다는 말도 있잖은가. 같은 사람인데도 젊을 때와 나이 들어서 읽은 책의 의미가 달라지는 경우는 흔하다. 그리고 강조점을 글이나 말에서 했는데 그것엔 눈길도 안 가고 다른 흘러가는 말이나 글에서 듣거나 읽는 사람이 뭔가 거기서 영감을 받거나 큰 깨달음을 얻는 경우도 많다. 물론 그것은 자기가 지금까지 엄청나게 관심을 둔 분야인 경우에 한해서다. 위대한 연구자가 본래 하던 것에선 별로 건지 게 없더라도 우연히 다룬 하찮은 것에서 획기적인 발견이나 발명을 하는 것하고 비슷하다고나 할까. 여기서 핵심은, 그는 그것에 온 정신을 쏟고 있었다는 것에 방점(傍點)을 둬야 한다. 그게 없었더라면 그는 물론 그런 발견이나 발명도 얻지 못했을 것이다. 따라서 하늘은 스스로 돕는 자를 돕는다. 그리고 아무리 어려운 철학서도 지금 자신이 가장 힘든 상태에 놓여 있다면, 이상하게 꼭 그 난해한 책이 자기 얘기를 하는 것 같아 머릿속으로 쏙쏙 들어온다는 것이다.

말하는 것을 좋아하는 사람도 있고 말보단 글을 더 좋아하는 사람도 있다. 이들에게 그 특성을 그대로 살려 그냥 그것만 하게 해야 한다(딴짓 안 해도 되게). 현실은 글로는 밥벌이가 안 되니까 방송이나 강연으로 밥벌이를 대신한다. 말을 하는 사람들도 글은 별로 잘 쓰지 못하지만 글을 써서 더 권위를 집어넣어 말을 더 빛나게 하려는 것도 있다. 정치인이 정치만 잘하면 됐지, 되지도 않는 회고록을 내는 것하고 비슷하다. 우선, 글만이라도 전념하게 나라 전체에서 육성해 그것만 하게 해야 한다. 마치 국가대표 운동선수 육성하듯이. 꼭 선생님들이 가르치는 것만 잘해야 하는데 온갖 잡무나 학생 지도 같은 것에 매달려 잘 가르치지 못하는 우를 범하는 것하고 다르지 않다. 글쟁이들은 그저 방송이나 강연, 칼럼 없이도 글로만 승부를 걸게 만들어야 경쟁력이 생겨 나라의 진짜 위상을 높이는 노벨문학상도 한국에서 나올 것 아닌가.

　말과 글도 유행을 타는 것 같다. 그게 한 시대를 풍미하면 그에 대한 언어도 세분화되고 전문화되는 것 같다. 전엔 유교 사상에 힘입어 우리나라에서 친척 관계에 대한 호칭이 발달했다. 외국 같으면 그냥 아저씨로 통치면 되는 것도 우리나라는 숙부(외숙부), 백부(시백부), 고모부, 이모부 등 각기 호칭이 다르다. 심지어 친척이 아닌 남인데도 동네에서 삼촌뻘이면 '아재'라 했다. 이처럼 호칭이 자꾸 갈리면 그게 그 시대의 트렌드이고 아이콘이란 거다. 관심이 지대해서 그것을 따로 표현하는 용어가 새로 생겨나는 것이다.

　에스키모인은 눈에 대한 표현이 수백 가지나 된다고 하지 않나. "아, 이 시대 사람들은 여기에 참 관심이 많았구나." 하고 알게 되는 것이다. 요즘 MZ 세대의 언어를 보면 자기들만의 세계를 구축하려는 경향이 강하다. 다른 세대가 함부로 끼어들지 못하게 배타적으로 울타리를 친다는 느낌이 든다. 하나가 이미 널리 알려지면 또 다른 용어를 만들어 자기들만의 성을 쌓는다. 용어와 그 뜻과는 별 관계가 없는 것도 상당해 마치 외국어처럼 따로 공부해야 한다. 용어로 뭔가가 연상되어야 하나 용어 자체만 갖고는 도저히 연상이 안 된다. "이래도 내가 무슨 말을 하는지 알겠어?" 하며 골탕 먹이는 것 같다.

보면, 자만추(자기만족 추구가 아님), 사바사, 잡채, 존버, 갓생…, 알려면 영어 단어처럼 따로 찾아서 공부해야 한다. 그 용어의 본래 뜻이 확장되거나 변용되는 경우도 많은 것 같다. 먹는 것에 '진심'이라는 말의 정확한 뜻을 나는 아직도 모르겠다.

배가 몹시 고픈 나머지 다른 사람이 앞에 있건 없건 어떤 대화도 없이(이 시점에서 말을 시키면 화를 내거나 대화를 위해 먼저 입을 여는 사람이 그 순간에 덜 먹게 돼, 지는 거라서) 오직 먹는 것에만 열심인 것을 말하는 것인지(남들과 특별히 다를 것 없이 그냥 배고파서인지), 아니면 너무 미식가라서 먹는 것에 열과 성을 다하고 먹는 것 자체의 중요성을 그 무엇보다 우선한다는 것인지(그냥 한 끼 때우는 게 아닌, 먹는 것에 어떤 큰 의미를 부여해서인지) 모르겠다.

이도 아니면 탕수육의 '부먹'과 '찍먹'처럼 그 요리를 앞에 놓고 과연 이것을 어떻게 먹어야 오로지 나에게만 최적화된 루틴을 따르고(일본에서처럼 먹기 전에 음식을 앞에 놓고 두 손을 모아 '이타다키마스' 하고 '음~, 오이시이' 하는 의식과 순서를 따르면서) 나의 만족에만 골몰하는 것인지(사람이 사는 데 먹는 것도 삶의 중요한 일부로서 소확행으로 여겨 그러는 것인지, 생활의 연장선으로 밥상머리 예절이나 절차를 굳이 따지면서 먹는 것인지) 알 수가 없다.

과연 이 먹는 것에 '진심'이라는 말은 어느 상황과 맥락에서 써야 하는지 그걸 아직, 난 잘 모르겠는 것이다.

작가는 글에 자기주장을 확실히 펴라

작가는 이제 몸을 그만 좀 사리고 자기주장을 과감히 펴야 한다고 본다. 솔직하고, 꼬지 말고 직설적으로. 일반인이 "네가 뭔데, 마치 세상 다 아는 것처럼 말하냐!"라며 욕을 먹는 것에 대한 상처 때문에 조심하고 스스로 자기 검열을 하는 것 같은데, 그게 무서워 진짜 하고 싶은 말은 흐릿하게 하거나 작게 해, 도대체 이 작가가 무슨 말을 하는지 알 수 없어 '아, 이건 그렇게 중요한 게 아닌가 보다' 하고 독자가 오해하게 만드는 경우도 적지 않다.

솔직히 책도 그동안 많이 읽고 글을 많이 쓴(일반적인 작가와 독자의 관계에서) 작가가 더 많이 알지 일반 독자가 더 많이 알겠나? 우선 작가라고 하면, 먼저 생각나는 이미지가 뭔가 많이 아는 사람으로 떠오르기에 하는 소리다. 실제 일반인보다 작가가 사람과 그의 삶에 대해 대체로 많이 아는 것도 사실 아닌가. 그것에 대해 늘 오래 생각해 오고 정리된 생각을 자기 글에다 담으니 하는 소리다. 작가가 자기가 하고 싶은 말을 이렇게 까놓고 해야 독자도 "이게 중요하고 절박한 것이구나"라고 여겨 행동에 나서지 않겠나.

실제로는 대개 보면, 현재의 문제 거리만 나열하는데 글의 한 80% 이상 할애하는 것 같고 그것의 해결은 그중 20%가 아니라 "그걸 해봐야 이런 문제들이 있다"라며 힘들다는 투로 엄살만 부리는 게 그 20% 중 대부분을 차지한다. 나머지 한 5% 정도만 작가의 주장이고 해결법인데 그것도 마치 자기가 하는 소리가 아닌 것처럼 희미하게 말해 버린다. 그러니 약간 무책임하다는 생각도 든다.

현재의 문제점 나열도 그렇다. 마치 준비도 안 된 순진한 독자에게 "한번 충격 좀 받아 봐라!" 하며 충격적인 현실의 문제를 나열한다. 자기는 이미 반만의 준비를 다 끝내놓고 그러면서도 그 글을 쓴 후에도 그 충격으로 힘들어하면서도. 이미 각오하고 당하는 사람하고, 전혀 준비가 안 된 사람하고 받는 충격이 어디가 더 세겠나? 책을 안 읽는 시대인데도 아직까진 남아 있는, 그래서 고맙고 아끼는 충성적인 독자는 가능하면 남에겐 피해를 안 주고 싫은 소리를 못 하는 내성적이고 감수성이 예민한 사람들이 대부분이다. 이런 것을 보면 너무 무책임하다는 생각이 든다.

사실 이런 사회적 검열을 모두 의식하며 쓰면 제대로 글이 안 나오는 것도 알지만, 그래도 너무 독자를 의식 안 한다는 생각이 든다. 그래도 '나는 그런 것보다 내 작품 세계와 내 시도가 더 중요하다'라고 생각한다면 그것도 인정 안 하는 것도 아니다. '나는 독자보다 내 작품이 먼저다'라고 주장하는 작가도 이해 못 하는 바도 물론 아니란 얘기다. 그러니까 작가도 살고 독자도 다 같이 사는 윈윈이었으면 좋겠다. 둘 다 값진 존재들이니까.

동시에 또, 해결책을 직접적으로 언급을 안 하는 게, 글을 난해하게 만들어 뭔가 세련되어 보이게 하려는 의도도 있는 것 같고 일반인에게 욕을 먹어 상처를 덜 받기 위한 몸사림 같기도 해 정직하지 않아 보이는 것도 사실이다. 흐리멍덩한 표현을 써서 일반 독자가 따지고 들면 "나는 그런 뜻으로 한 말이 아니다, 봐라, 글의 맥락(Context) 어디에 그런 소리가 있느냐?" 하며 오히려 따지는 사람을 무식하다는 시선을 갖고 면박을 준다. 혹시 그런 걸 대비해 그렇게 애매하게 표현한 건 아닌지 의심까지 든다. 정면 승부를 피한다는 인상을 강하게 받는다.

물론 문학은 문제를 그냥 나열하는 것이고, 그 해결책(해결책이란 게 사실 유치원만 디녀도 아는 섯이고, 대부분이 알지만 실천을 안 하는 탓이기도 하지만, 그들은 아는 게 별로라 긴가민가한 것도 있으니 영향력 있고 믿을 만한 작가가 하는 말을 듣고 확신하기도 한다.)까진 제시하지 않는다고 하지만, 그래도 세상 사람들보단 더 많이 아는 작가가 확실하고 용기 있게 제시해야 할 것 아닌가? "나는 글을 이래서 쓴다"라고 아예 선언하고 글을 쓰는 조지 오웰처럼.

지금 하고 싶은 걸 계속하는 게 맞다

누구나 갈등한다. 이게 맞는 길인지 혼란이 오는 것이다. 그게 좋아하는 것인데도 현실이 나를 배신해 갈등은 커진다. 그러나 하고 싶은 것에서 손을 떼지 못한다. 그러면 자기를 합리화한다.

하고 싶은 것에서 손을 떼야 그런대로 살아가지만 그것을 놓을 수 없어 자기를 변명하면서까지 하고 싶은 걸 계속하는 게 인간이다. 글쓰기에 한정하면 자기 혼자만 보기 위해 어떤 거리낌도 없이 그냥 붓가는 대로 쓰는 게 더 좋은 작품을 생산하나, 아니면 독자를 의식해 좀 더 잘 쓰려고 하는 게 더 좋은 작품을 탄생시킬까? 나는 먹고사는 문제와 오로지 글만 쓰는 것에서 오는 갈등보다 이게 더 궁금하다.

우리는 좋고, 보고 싶고, 호감 가는 사람을 만나기 위해 핑계를 대지 않는다. 핑계를 대는 것은 그만큼 그 사람을 보고 싶지 않은 것이다. 보고 싶으면 핑계를 대지 않고 그냥 만나러 간다. 후회는 나중이다. 설렘을 이길 수는 없는 것 같다.

좋아하는 것을 계속 지금도 좋아한다면 그 좋아하는 것을 계속 멈추지 말고 하는 게 맞다. 어차피 자기를 합리화하면서도 그것을 할 거면 갈등에서 잠시만 지는 수가 있어도 결국 좋아하는 것으로 돌아오게 되어 있다. 그러니 지금 하는 것이, 계속 좋으면 열심히 몰입해서 하라. 그래야 성취도 쌓인다.

그 어떤 적도 나를 막지 못할 것이다. 현실이 막으면 결국 또 나는 내가 좋아하는 것을 계속하는 것에 대해 합리화할 것이니 말이다. 그러니 일단 저지르자.

인간은 자기가 좋아하는 것을 그만두면 안 된다. 그것은 언제든 하게 되어 있으니까. 좋아하는 사람도 어떤 핑계 없이 반드시 만나게 되어 있으니까. 그에게 실망해 자기 자리로 다시 돌아오는 수가 있어도.

이런 이유로 난 글을 쓴다

지금 쓰고 있는 것과 앞으로 쓸 방향을 중간 정리했으면 한다.

나는 다 잘할 수 없다. 그냥 무난하게 조용히 사는 사람, 사회에 잘 적응하며 남들처럼 사는 사람은 그럴 수 있다. 사회가 요구하는 것에 맞게 태어난 사람. 그러나 어떤 사람은 그러지 못한다. 그러니까 못 한 것을 메꾸기 위해 자기에게 타고난 것, 주어진 것을 해야 한다. 적어도 하나는 사는 동안 이뤄야 한다. 그래야만 이 인간 세상에서 대접받고 나도 한 인간으로서 그 힘으로 계속 살 수 있기 때문이다.

만약 그 사람이 다 하려고 하면 죽도 밥도 안 된다. 그렇게 태어나지 않았다. 그러면 이 사회에 큰 폐(弊)를 끼친 다음에 사람들과 격리되어 남은 생을, 거기서 또는 그 후유증으로 고통 속에 살아갈지도 모른다.

이렇게 한쪽으로 치우치고 그것에 전부를 걸고 사랑하니까 그걸 못하게 막으면 그는 폐인(廢人)이 될 수도 있다. 그는 이런 걸 못 하게 막는 독재를 혐오한다. 그런 세상이 다시 올까 두렵다. 그게 그의 전부이기 때문이다.

나는 매일, 지금 읽고 있는 책을 책상에 올려놓고 절을 3번 한다. 지금도 3번 절한 후 이 글을 쓰고 있다. 술을 마시고 잊으면 다음 날 그 2배인 6번 절한다. 그러나 책상에 같이 돈이나 신용카드가 있으면 반드시 치운 후 절을 한다. 지갑조차 치운다. 다른 건 괜찮다. 내 고유한 의식(Ritual)이다. 절대 속물(俗物)은 되지 말자는 내 의지의 표현이다(속물과 글은 상극(相剋)이다). 왜 간단히 기도나 하지, 절을 하냐고 하면 기도는 아무리 해도 주님의 종이나 노예밖에 안 되지만 절은 열심히 하면 부처가 될 수 있기 때문이다. 나는 어떤 한계 없이 글에 들어가고 싶은 것이다. 글을 한계 없이 마구 쓰고 싶은 것이다. 글에서 나를 속박하는 걸 용서 못 한다. 남들이 우습게 봐도 할 수 없다. 이미 체화(體化)되었기 때문이다.

나는 신문 4부를 매일 본다. 매일 사러 오니까 주인이 나를 안다. 그래 나는 내가 쓴 책을 그에게 선물했고, 그는 그 보답으로 가끔 음료수를 나에게 권한다. 자판기에서 400원짜리 커피를 뽑아줄 때도 있다. 커피는 맛있다. 신문 판매대에는 1부씩만 진열(요즘은 신문을 안 봐 한 부씩만 가져놓는단다. 1부라도 내가 안 사가면 그대로 반납한단다.)되어, 내가 1부씩 가져가면 갑자기 휑해진다. 신문을 보고 싶었던 사람은 있던 신문이 사라진 걸 보고 속으로 나를 욕할 것이다. 분명 그럴 것이다. 나도 한발 늦게 도착하면 4개 중 일부를 누가 이미 사 갔다. 나는 사 간 사람을 속으로 욕한다. "어쩌다 보는 인간이, 나는 매일 보는데…" 그리고는 못 본 신문을 보러 도서관을 찾는다. 도서관은 좀 멀다(물론 도서관은 공짜다). 나는 좌편인 한겨레와 경향신문, 중도지인 한국일보, 우편향인 중앙일보를 본다. 그리고 거기서 뭔가 중요한 내용이 있다 싶으면 그 부분을 인터넷 공간에 올린다. 인터넷에선 얻을 수 없는 정리된 신문사의 의견을 얻고자 하는 것이다.

나는 신문의 공식적인 사설(社說)보단 개인 의견이 들어간(나는 관심 있는 사설만 읽는다) 칼럼을 주로 읽는다. 사설은 어떤 틀을 정해 놓고 그 안에서만 쓰기 때문이다. 거길 벗어나면 그걸 잘라 버린다. 그러나 칼럼은 그 신문의 편집 방향과 안 맞는 내용도 많아 더 호기심이 동한다. 나는 이처럼 틀을 정한 곳에서 그걸 벗어난 사적인 견해를 더 좋아한다. 그리고 늘 볼펜과 메모지를 가지고 다닌다. 순간적으로 떠오르는 생각을 적기 위함이다. 그러나 잠시 외출할 때는 그러질 못하는데, 좋은 영감이 떠오르고 그걸 적지 못해 곧 휘발되기 일보 직전에 누가 감히 말을 걸어 그걸 다 잊어버렸다면 나는 순간적인 분노를 참지 못하고 그 자리에서 살인을 저지를지도 모른다. 그만큼 나는 너무 한쪽으로 치우쳐 있다. 뭘 골고루 못한다.

잘 선택해야 한다. 어떤 사람은 태어나길 그렇게 태어나서 다 잘하지 못한다. 그는 한 가지만 파야 한다. 그래야 무탈하게 잘살 수 있다.

사는 방식은 여러 가지지만 그는 그렇게 살아야 한다. 살면서 뭔가 허전하다. 뭔가 늘 공허하다. 그 공허를 조금이라도 메꾸는 일은 뭔가 자신의 자산(資産)을 남기며 그 누구한테라도 도움이 될지도 모르는 자기의 뭔가를 남겨 그에게 기부하는 것이다. 일방적으로 주는 게 아니다. 그가 자발적으로 좋아 받아들이는 것이다. 그게 우연일 수도 좋다. 남기는 작업을 하며 현재의 공허를 메꾸고 그 결과로써 나와 비슷한 어떤 인간에게 내 잔존물(殘存物)로 살아갈 힘을 얻게 하는 것이다(아니어도 그만이지만). 공허를 쓰면서 메꾸고, 그 잔존물을 남김으로써 또 메꾼다고 생각하는 것이다.

글엔 분명히 두 가지 버전이 있다. 영화에서 감독판이 따로 있는 것하고 비슷하다. 감독판 같은 오직 자신의 솔직한 기록인 글과 개봉 영화같이 남에게 공개할 목적으로 다시 다듬은 글. 나는 전자(前者)를 선호한다. 남들의 글에서 전자와 같은 글에서 더 많은 것을 얻었기 때문이다. 나도 그런 글을 쓰고 싶다.

아마도 둘(허무 메우기, 잔존물) 중의 하나는 할 것이다. 부질없고 덧없음을 메꾸느냐, 나는 모르겠지만 그 누군가를 위로하며 살아갈 힘을 주는 잔존물을 남길 것이냐. 둘 다 할 수도 있고, 하나씩만 아니면 하나도 못 할 수도 있다. 아마도 둘, 그 어떤 것도 완벽히는 안 되겠지만, 허무를 메꾸는 일도 그 누구에게 힘을 주는 일도, 안 하는 것보단 낫다. 자기 자산을 남기려고 노력하는 일. 그러면서 자기도 위로를 받고 허무를 메꾸는 일. 그런 중에 자기의 자산은 더 불고 더 퀄리티가 높아질 것이다. 이게 나름대로 내가 이 세상을 살아가는 방식이다.

이런 걸 다 떠나서 글을 쓰는 이유는 내가 지금을 잘 살기 위함이다. 바로 나 자신을 위한 삶을 살기 위한 것이다. 그래서 내 글이 보다 적나라하고 솔직한지도 모른다(나 혼자만의 생각일 수도 있지만).

나는 자의식(自意識)이 강하다. 나는 사람들과 잘 섞이지 못하고 겉돈다. 그들과 나는 다르다고 생각하길 잘한다. 보통 살아가는 사람들과 구별되길 원한다. 나는 나 자신을 너무 잘 안다. 내가 생각하는 많은 부분은 외부가 아닌 내 내부로 향하고 있다.

자의식 과잉이라도 할 수 없다. 이게 내 진짜 모습이라 이제 어쩔 수 없다. 이렇게 나는 살아야 한다. 그럴 수밖에 없다. 또 그렇게 살기를 바라고 크게 불만도 없다. 그렇게 살아야 살 수 있고, 그 속에서 만족하고 행복하니 이제 와서 다른 길은 없다고 본다. 다른 길은 나를 불행하게 할 것을 나는 뻔히 안다(남까지 불행하게 할 수도 있다).

나의 모든 글은 솔직한 나 자신에 대한 기록이다. 쓰면서 생각하고 읽고 그러면 나는 스트레스가 풀린다. 어느 때는 큰 희열을 느끼고 그 속에서 행복하다. 그 어떤 것으로부터보다 더 만족한다.

글에도 자기 방향이 있고 어느 부분에 흥미와 관심이 돌아 그 분야만을 자꾸 쓰는 자신을 발견할 때가 많다. 그는 그런 글을 쓰고 싶은 것이고, 많이 쓰다 보면 자기만의 콘텐츠와 문체가 형성될 것이다. 내 글엔 내 속을 헤집는 내용이 많다. 나는 이런 글을 많이 쓰고 싶고, 나는 그래서 그리로 가야 한다고 생각한다. 그리고 또 현 세계를 비판하는 글도 내 글의 주류다.

나는 남을 위해 글을 쓰지 않는다. 나 자신을 위해 쓴다. 내가 글을 쓰는 이유는 남이 읽어주길 원해 쓰는 게 아니라 나 자신이 행복하기 위해 쓰는 것이다. 생각한 것을 정리하는 것이다.

그래서 내 글은 남에게 그렇게 친절하지 않고 좀 투박하고 거칠다. 조악하다. 나만 알아볼 수 있다. 행간에 뜻이 담겨 있고(글로 모든 걸 다 표현할 수도 없고, 늘 부족함을 느낀다. 이런 건 그냥 여백에 넣어 둔다), 단 한 줄이라도 많은 것을 내포할 수도 있다. 나는 글을 쓰며 행복하고 몰입할 때 그 어떤 것으로부터 받는 것보다 무한한 희열을 맛본다.

누구나 상처를 받는다. 그러나 글을 쓰는 자는 다행이다. 상처를 받아 많은 사람은 좀 꼬여있다. 그 꼬인 것을 글로 풀어내는 것이다. 그는 인간이 사는 세상에서 안 풀고 그냥 있으면 남에게 위해(危害)를 가할지도 모른다. 그러므로 글을 쓰는 자는 적어도 남에게 위해를 잘 가하지 못한다. 적어도 남에게 폐는 안 끼치고 자기를 실현하며 조용히 살아간다. 글로 꼬인 것을 풀기 때문이다. 그것만 해도 어딘가.

나는 다 못하기 때문에 글에 열정을 바친다. 열정으로 글을 쓰고, 쓰면서 열정이 생긴다. 어느 게 먼저인지 모르겠다. 뭔가 의미 없이 살면 허전하고, 나 나름대로 남겨 나와 같은 인간종에게 힘을 주고 혹시 그가 큰 좌절을 겪고 있을 때 살아갈 힘을 주기 위해 쓴다. 그리고 쓰면서 큰 행복과 오직 나 자신의 안녕을 위해 글을 오늘도 이렇게 마구 써대는 것이다.

다시 요약 정리하면, 나는 이 세 가지 큰 이유로 글을 쓴다.

①	글에 치우침으로써 나머질 메꾸기 위해
②	허무 극복(현실과 이상의 괴리에서 오는 분열 극복)과 잔존물로 단 한 인간에게라도 도움이 됐으면 해서
③	글로 풀어 나를 실현하고, 결국 이 세상에 내가 무해하기 위해

글에 미친 작가의 마음

히가시노 게이고, 무라카미 하루키 같은 인간들은 거의 작품에 목숨을 건다고 보면 크게 틀리지 않을 것이다. 그들을 인간들이라 표현했는데 너무 좋아하면 오히려 반대로 안 좋은 호칭으로 부르기도 한다. 일본어의 반말(남을 하대하는 말이 아니라)이 친근감 있는 표현이라면 우리말은 안 좋은 표현은 오히려 친근감 있게 들리는 것처럼.

그들에게 만일 이제 글을 그만 쓰고 그냥 평범한 생활인으로 돌아가라고 하면 차라리 자기를 죽여달라고 할 것이다. "내게 글이 아니면 죽음을 달라!" 그들에게 글을 앞서는 건 이 세상에 없다고 보면 된다.

만일 사랑하는 여자가, 그에게 "글이 좋아, 내가 좋아?"라고 물으면 속으론 글이 훨씬 좋지만 그 여자를 생각해 네가 더 좋다고 할 것이다. 아니면 이렇게 돌려 말할지도 모른다(자신에게 거짓말할 수는 없고, 작가는 거짓말에 대한 결벽증 환자가 좀 있고 특히 자신이 사랑하는 글과 관계된 것은 더욱). "너와 글은 하나라도 없으면 안 돼. 너는 글을 돕고, 글은 너를 돕기 때문이지." 이 말은 맞는 말이긴 한데, 지금도 글이 좀 위에 있는 것을 굳이 말하지는 않았다. 불필요한, 공연한 분란을 막기 위한 나름의 고육지책이다. 그들은 현실(사랑)과 이상(글)을, 가능하면 끊어버리려고 한다. 둘을 별개로 보는 것이다.

"이 세상에서 글에 내게 전부다"라고 선언해 버리면 살아가는데 쓸데없이 피곤하기 때문이다. 이상을 너무 강하게 갖고 사는 사람들은 그걸 세상에 대고 선포하면 피곤한 일이 자꾸 생기니까, 감추고 평범한 것처럼 사는 인간들도 많다.

이 정도까지 얘기하면 자존심 강한 여자 같으면 그 남자를 단념하겠지만, 그 남자에게 너무 꽂힌 나머지 "그래도 글 아래가 아니라 같이 취급하니까 괜찮아!"라며, 자기 좋을 대로 해석해 버린다. 이걸 이용해, 여자에게 단지 립서비스만 제공하는 인간들도 많다(속은 안 그렇더라도 듣기 좋은 말 자체를 듣고 싶어 한다고 생각해서).

속지 마라. 작가가 이 세상에서 제일 좋아하는 것은 글뿐이다.

글이 없으면 그가 존재할 이유가 없기 때문이다. 그가 존재하지 않는데, 여자가 다 무슨 소용이란 말인가? 그러나 그가 존재하지 않아도 글은 남는다.

그들은 여자 없이는 살아도 글이 없으면 못 산다. 그들에게 가장 잔인한 고문은, 더 이상 책을 못 읽게 하고, 글을 못 쓰게 하는 것이다. 그렇게 하면 속에 있는 걸 다 털어놓을 것이다. 아주 간단하고 쉽다.

듣는 사람이 아무도 없어서, 지금은 솔직해도 된다는 생각이 들 때 무인도에 뭐를 갖고 갈 거냐고 물으면 책이라고, 단번에 말할 것이다. 당장 글과 그 여자를 더 이상 못 만나게 그들로부터 떼어 놓아 봐라. 그는 여자를 팽개치고 글에 매달릴 것이다. "날 버리지 마!" 하며. 제정신(정상)으로 돌아온 것이다. 여자는, 토사구팽(兔死狗烹)!

그건 한여름 밤의 폭풍우처럼 그 누구도 못 말리지만(엔카를 부르는 아름다움과 슬픔이 동시에 보이는 게이샤에게) 신비감과 설렘으로 확 끓어오른 것은 식기도 순식간이다. 그 낙하 속도는 정신을 못 차릴 정도다. 급격한 상승 속도의 비례를 훨씬 능가한다. 그 광경은 애첩을 버리고 조강지처에게 돌아가는 모습을 떠올리게 한다. 함께 갈 동반자는 여자가 아니라 글임을 깨달았기 때문이다.

그렇지만 그가 여자를 아직도 데리고 있는 것은, 글에 뭔가 예술의 여신(Muse)으로서 여자가 영감(Inspiration)을 주기 때문이다. 글을 위한 도구에 불과하고, 여자는 다른 여자나 영감을 주는 다른 것으로 얼마든지 대체가 가능하다. 실은 유명 작가 중엔 글을 위해서라면 무슨 짓이든 하는 족속들이 수두룩하다.

신들려 마구 영감이 떠올라 미친 듯이 글을 휘갈겨 쓰고 있거나(한때나마 그녀와의 깊은 사랑이 그를 그렇게 만들었고 걸작을 남겼을지도 모른다), 기발한 착상이 막 떠오르던 찰나, 누가 툭 치거나 말을 걸어 그게 쏙 들어가면 그 자리에서 무슨 일이 벌어질지 모른다. 그래, 그들은 글을 쓸 때 핸드폰 전원을 꺼놓고, 문을 걸어 잠근 다음 두문불출한다. 그 누구의 방해도 받고 싶지 않은 것이다. 불미스러운 사고를 미연에 방지하는 효과도 있고.

글과 책, 독서와 글쓰기는 다른 것으로 대체가 안 된다. 대체가 아니라 유(有)와 무(無)로만 존재한다. 있으면 그들도 있는 것이고, 없으면 같이 없는 것이다. 그것은 그들의 존재 이유다. 그들과 책은 동격(同格)이다(여자와 동격이 아니라).

그들이 예부터 작부(酌婦)들과 통하는 것은 그들이 다른 여자들처럼 일상어를 쓰지 않고(그들은 이런 시간을 몹시 지루해하고 힘들어한다), 이른 나이에 벌써 사람과 인생에 대한 것에서 뭔가 통하기 때문이다. 그런 대화에서 일상어를 쓰는 여타 여자들에게보다 더 많은 힌트와 영감을 얻기 때문이다. 더 많이 그들이, 그의 글에 도움을 주기 때문이다. 이처럼 모든 건 자신의 글로 향해 있다.

여자와 사랑은 일탈이지 일상이 아니라는 것도, 글은 그들의 생존과 직결되며, 평생 함께할 일상(日常)이란 것도 너무 잘 안다. 하나가 사라지면 나머진 자동으로 사라진다. 나타나면 자동으로 소생(蘇生)하는 것처럼.

주인공은 끝까지 남아야

주인공이 여자건 남자건, 그는 계속 살아 있어야 한다.

너무 극단적인 성격이어서 중간에 자살하거나 죽으면 안 되기 때문에 극단적이어도 뭔가 자기 생명을 유지하는 힘이나 이유를 갖고 계속 소설이 끝날 때까지 그게 지켜져야 한다. 그래야만 그들이 나머지 인물을 지켜볼 수 있기 때문이다.

이들은 왜 살아남는 것일까? 그들을 그렇게 하는 힘은 무엇일까? 작가가 그들에게 집어넣은 게 뭐길래. 그들을 죽이지 않고 살려두는 이유, 아니 그들 스스로 살아남은 까닭은 무엇일까? 다른 사람 같으면 그런 불우하고 상처 깊은 환경에서 살아왔으면 그만 생을 마감할 수도 있는데, 그들은 거기서 살아남아 오늘도 살아간다.

그건, 아마도, 그들이 지닌 어떤 기질적인 것도 있을 것이고, 자기들만의(타인은 눈치 못 채는) 그걸 갖고 있어 그걸 향해 가다 보니 생의 의미를 찾아 그렇게 오늘도 생의 길을 밟고 있는 건지도 모른다. 분명 안 보이는, 어떤 사명이나 과제가 있을 터이다. 그건 이 지상(地上)에 없는 것일 수도 있다. 그러나 작가가 주인공에게 심어 넣었거나 스스로 얻었다. 그걸 갖고 가는 사람은 계속 살아남아 다른 인간들의 삶을 끝까지 지켜본다. 그걸 알고, 기억하고, 기록해야 하기 때문이다.

작가가 이들을 이렇게 만들었지만, 작가도 그걸 알아 개연성 없게 그들을 인위적으로 꾸미면 독자가 외면한다는 것도 알아 그들에게 뭔가를 준다. 아니, 뭔가를 알고 그들에게 부여한다. 계속 살아가게 하는 뭔가를. 독자를 납득시키면서 이야기 흐름에서도 자연스러운 것을.

독자는 작가가 쓰는 글에서 무슨 말을 하는지 모를 수가 있다. 그러나 작가는 말로 다 표현하기가 힘들어도 자기가 하는 말의 논리를 놓쳐서는 안 된다. 그 안에서 자기 논리는 논리가 있어야 한다. 그는 주인공에게도 자기 자신에게도 독자에게도 현실에서 비록 흔들리고 바뀌더라도 상상이나 자기 마음속 깊은 곳엔 모든 마음과 행동이 그리로 향하는 것을 만들고 그들에게도 심어주는 일을 멈추지 말아야 한다. 그런 자세로 글에 임해야 한다.

좀 납득이 간다. 나는 왜 이렇게 되었나. 왜 현실에 기반을 둔 생각은 별로 없고, 허망한 생각뿐일까. 머리는 지상에 있으면서 가슴은 하늘을 향하는. 그리고는 별로 살아갈 특별한 이유가 있는 것도 아닌데, 죽을 생각은 한 적이 없는가. 아니 없는 게 아니라, 성공 못 하고 거듭 실패하는가.

콕 집어서 말하기도 어렵다. 하여간 뭔가 있고, 왜 이런 짓을 거듭 하는 걸까.

그건 글을 좋아하는 조부가 그렇고, 작은 마을에서 아이들에게 글을 가르치다가 만주로 무관이 아닌 문관(文官, 전장에서 싸우지는 않고 문서만 만지작거리는 군인, 행정병. 그에게 그런 걸 하라고 했어도 하지도 못했을 것이다. 나중에 독립해 고향으로 돌아왔는데 대종교의 독실한 신자이고 또 선비라 나무도 못 하지만 누가 해주는 것도 아니어서 나뭇짐을 지게에 지고 집으로 돌아오다가 개미가 길 한복판을 지나는 것을 보고 다 지나간 다음에 왔다는, 동네 어른들의 증언도 있다)으로, 광막한 이역만리에서 일본군과 싸웠다. 그가 쓴 일기와 글이 아직도 남아 있다.

나는 이렇게 태어났고 그런 기질대로 살아가는 것뿐이다. 그게 체화되어 계속 뭔가 앞의 빛을 보며 나아가니 지금도 살아서 뭔가를 하고 있는 중이다. 운이 좋다고도 할 수 있다. 참, 고마운 일이다. 우연히 자연 발생적으로 이런 걸 갖게 되었고, 그래서 살아간다.

받은 것에 대해 불평해 봐야 아무 소용없다. 그냥 받아들이고 팔자려니 하고 살아가야 한다. 차라리 그걸로 뭘 할지를 궁리하고, 그걸 위해 노력하고 그 속에서 행복하면 그만이다.

이런 이유들 때문에 뭔가를 벗어나려고 하고, 그걸 벗어날 희망을 품고, 오늘도 죽지 않고 살아간다.

답답한 현실을 벗어나 맘껏 가능성의 나래를 편다. 상상에서 그런 것처럼 현실에서도 자기를 옭아매는 한계를 벗어나는 자기를 발견한다. 현실의 숨 막힘을 점점 걷어내는 것이다.

이런 할 일이 자꾸 생겨난다. 현실의 문제를, 상상의 세계로 진입해 뭔가 해결책을 가져와 할 일이 자꾸 내 앞에 놓이는 것이다. 현실에서 할 일이 생겨나고, 나는 필요한 인간이 된다. 나는 오늘도 살아 있다. 그러면서 다른 사람의 삶을 살펴본다. 이건 행운이다.

현실에서 한계를 벗어나 뭔가에 도달하려고 할, 그것이 저기에 아직 있다. 그 문제를 내가 해결할 수 있을 것 같다. 그러나 또 가보면 또 다른 뭔가가 있다. 그건 나의 과제이고, 화두(話頭, Subject)로 계속 남는다. 완전히(할 일이 없게) 해결이 안 된다. 나는 그걸 또 해야 한다. 난 할 일이 있다.

작가는 주인공에게 이런 어떤 것을 주고 주인공을 끝까지 살게 만든다. 그는 죽어도 하나도 이상하지 않은 상황에 있지만, 그는 살아남는다. 그가 죽어야 하는 것보다 그게(살아가는 게) 물론 더 힘이 세기 때문에 살아갈 것이다.

그런 경험을 하지 않은 독자라면 이해하기 힘들지라도 더 경험이 쌓인 나중에 다시 보면 납득이 비로소 가는 글이다. 이런 게 진정한 마스터피스 아닐까.

작가는 주인공에게 끝까지 살아남아, 나머지 인물들을 지켜보게 하는 뭔가를 그에게 넣는 작업을 계속한다. 주인공을 살려둔다. 주인공이 쓰러지려고 하면 그에게 어떤 임무를 맡겨 그를 다시 일어나게 한다. 그는 자기 눈앞에 있는 그것을 움켜쥐려고 다시 일어난다.

그 주인공은 작가의 모습일 수도 있고, 그걸 바라는 독자 자신의 모습일 수도 있다. 그래 주인공도, 작가도, 독자도 자신에게 살아갈 뭔가를 넣는 작업을 멈추지 않는다. 이런 게, 걸작(傑作)의 미덕(美德) 아닐까. 작가에게, 주인공에게, 독자에게 현실을 살아갈 힘을 주는 것. 지상(紙上, 허구의 세계)에서 만난 이들은 마침내 현실에서도 진정한 깐부(동패)가 된다. 서로가 서로를 돕는.

이게, 작가가 주인공을 끝까지 살려두는 이유다. 자기도, 독자도 살리려고.

문화 때문에 끊기지 않는 것이다

　요즘 영화 〈노량〉도, 드라마 〈경성 크리처〉에서도 보면 일본이 우리를 마구 짓밟아 원수지간이 안 될 수가 없게 되었다. 중국에도 침략을 받고, 그래도 살아남은 건 언어와 고유문화 때문일 것이다. 언어(한자가 아닌 한글)를 통해 쉽게 일반 백성에게 그 문화가 전해진다. 자기 것이 자랑스럽지 않으면 그 자체까지 곧 소멸한다. 자신을 별것 아닌 것, 하찮은 존재로 여기기 때문이다. 자신에 대한 자부심이 없다.

　그래서 정신과 거리가 먼 독재가 들어서면 안 된다. 기필코 막아야 한다. 생각으로 잉태된 정신을 그냥 두면 독재에 반기를 든다. 그들은 마치 외세가 우리를 길들인 것처럼 문화와 정신을 진흥하지 않는다. 국민을 바보로 만들어야 다루기 쉽기 때문이다. 찍소리 못하게 밟아 버릴 수 있기 때문이다. "개돼지들이라 좀 짖다가 말 것"이라고 여긴다. 그들의 말이 맞아들어가는 것은 다시 일어서게 하는 뭔가의 부재 때문이다. 〈서울의 봄〉이 천만을 넘겨서 천만다행이다. 고유한 정신과 문화는 국민에게 자존심을 심어 준다. 그것을 갖고 있어야 쓰러졌다가도 다시 일어설 수 있는 것이다. 그것이 다시 일어나라고 내게, 우리에게 외친다. 그래서 소멸하지 않고 이렇게 살아남은 것이리라.

개인도 그렇지 않은가. 자기에게 어떤 힘을 주는 게 주변에 하나도 없다면 어려움에 부닥쳤을 때 그대로 주저앉게 된다는 것을. 다시 일어서지 못한다. 그걸 가능하게 하는 뭔가가 없기 때문이다. 부모 때문에, 자식 때문에, 아니면 자신이 꼭 보호해야 하고 지켜야 할, 또는 꼭 이루어야 하는 게 있다면 그걸 하기 위해서라도 지금의 어려움을 능히 이겨낸다. 없으면 바로 포기하는 것이고.

어떤 사람은 단 며칠 간의 사랑으로, 서로에 대해 의심하지 않는 견고한 믿음 하나로 평생을 살아가는 사람도 있다. 어떤 경우에도 항상 그게 거기 있어 내가 힘들 때 거기에 기댈 수 있다고 강하게 확신하기 때문이다. 그것으로 흔들리는 자신을 달랜다. 그것으로 나는 능해 다시 일어선다. 위대한 힘이 아닐 수 없다.

개인의 확장인 나라도 마찬가지다. 나라에 자랑할 게 없으면 다시 일어나지 못한다. 흔적 없이 소멸하는 것이다. 일제가 통치해도 그냥 이대로도 괜찮다고 여기고, 이럴 바엔 차라리 미국의 한 주로 편입되어도 무방하다고 생각한다. 자신에 대한 사랑이 없고 뭔가 자부심으로 내세울 게 없으면 그렇게 되고 싶지 않아도 그렇게 되고 만다. 자신을, 삶의 주인이 아닌 노예로 보기 때문이다. 제국주의와 독재는 닮은 게 많다. 고분고분하고 저항하지 못하게 만들기 위해 국민과 개인의 자존심의 바탕이 되는 자랑거리를 없애려고 한다. 그게 있으면 다시 일어나는 것을 알기 때문에 집요하고 철저하게 없애려고 한다. 그러면 다음부터는 쉬워지기 때문이다. 개인도 나라도 소리도 없이 흐지부지 사라져 버리고 만다.

당파 싸움만 했다고 유교(儒敎)를 비난하는데, 사실 이룬 것도 많다. 자기를 돌아보고 성찰하고 자제할 줄 알고 깊은 생각 끝에 사물에 대한 통찰(Insight)에 이르렀다. 학문이 깊어지면 이렇게 된다(배움과 학문 자체는 절대 나쁜 게 아니다). 당장 먹고사는 것도 중요하지만, 과연 무엇이 중요한지 깊은 사색을 통해 깨달음에 이른다. 정신을 고양하는 것이다. 생각이 발달해 왕에게 대들고, 그가 백성의 뜻에 반하면 상서를 올려 목숨 걸고 바로잡으려고 했다. 생각이 같은 사람들끼리 뭉쳐 생각이 다른 쪽과 논리의 전개를 통해 생각이 점점 확장되고 정교해졌다. 그 결과 배움의 중요성을 국민에게 일깨워줬다. 자기는 배우지 못했지만 어떤 수고도 마다치 않고 자식만은 가르쳐야 한다고 믿게 했다.

인간에게서 생각을 빼버리면 과연 무엇이 남을까? 자연법칙에 인간의 생각을 집어넣고 그것에 질서를 부여하고 의미를 두려 했다. 그래도 안 되는 건 신의 뜻으로 돌렸다. 인간은 이 생각과 정신, 그것의 소산인 문명과 문화로 살아가는 건지도 모른다. 이룬 것에 대한 자부심으로, 그걸 토대로 미지의 세계로 더 뻗어 나가려 한다. 자기 고유의 것(자부심의 바탕)이 중요한 것이다. 생각 없이 덤비면 자기 힘에 겨워 곧 쓰러지고 만다. 그걸 내가 왜 하는지 모르기 때문이다. 버틸 토대 와 베이스캠프(위대한 정신적 유산)가 없기 때문이다.

오늘만 살 거라면 고유문화는 필요 없다. 그게 활자로 전해지고, 전 달된 정신과 문화는 쓰러지면 다시 일어나게 하는 힘을 우리에게 전 한다. 그건 당장은 큰 힘이 안 되는 것처럼 보여도 끊이지 않고 끝까지 이어지게 했고 어려움을 극복하게 하는 힘을 선사해 왔다. 보이지 않 는 힘! Invisible Power!

문화에 있어 중국에 열등감에 사로잡혀 잠깐 반짝하다 그대로 주 저앉은 칭기즈 칸의 몽골처럼, 끝까지 가게 하는 문화가 없기 때문이 다. 어려움에 부닥쳤을 때 다시 일어나게 하는 정신이 그래서 중요한 것이다. 우리나라에 그게 없었더라면 아마 대륙과 해양의 틈바구니 에서 벌써 소리 소문도 없이 사라졌을 것이다. 그리고 우리는 공용어 로 일본어도 아니고 영어도, 중국어도 아닌 오로지 한글만 쓰고 있 다. 고유 언어는 위대한 문화의 집합체이며 전달자다. 그 자체 또한 그 렇다.

가장 행복한 사람, 작가

누구나 그들에 대해 관심이 지대하거나 좋아하면 그들의 습관이나 루틴, 그들의 속마음까지 파려고 한다. 그들의 진짜 마음을 알려고 하고 그것에 대해 지상(紙上)에 표출하고자 한다. 그것은 곧 자기 마음이기도 하니까. 자기 마음을 기록하는 거니까.

작가의 마음이 여럿이면 등장인물도 그만큼 많으면 된다. 작가뿐만 아니라 다른 사람의 마음도 같다. 너그러울 때도 있고, 한없이 속이 좁을 때도 있다. 같은 사람인데, 악인과 선인(善人)이 속에 공존한다.

작가는 착할 때도 있고 세상을 다 엎어 버리고 싶을 때도 있고, 인간에 대한 염증이 생겨 모두 쓸어 버리고 싶을 때도 있을 것이다. 이런 건 빌런을 만들어 그에게 시키면 된다.

자기 이상형과 사랑에 빠지게 하고 싶기도 하고, 이제 가정으로 돌아가 가족들과 함께 일상적인 행복을 향유하고 싶을 때도 있을 것이다. 한 인간의 마음은 여럿이다. 때와 장소에 따라서도 다르다. 그리고 뭔가 안 풀려 친구와 함께 술 한잔하며 진지한 대화를 나누고 싶어지기도 한다.

　인간으로서 작가도 이걸 다 가지고 있다. 그런데 그만은 그걸 다 해 볼 수 있다. 행복한 사람이다.

　그러나 등장인물엔 캐릭터가 있으니까 작가의 이런 변화무쌍한 마음을 주인공 한 사람이 다 가질 수는 없다. 현실은 캐릭터가 여럿일 수 있지만 허구의 세계에선 그래선 안 된다(작가가 주인공 속에 들어간 일인칭 시점이면 현실처럼 캐릭터가 여럿일 수 있지만, 나머지 인물은 그게 안 통한다. 그럼에도 픽션에선 주인공의 기본 캐릭터는 유지되어야 한다). 현실보다 가상의 세계가 더 리얼해야 하기 때문이다. 만약 가상에서도 현실처럼 캐릭터가 여럿이면 독자는 캐릭터가 일관성이 없다며 그의 작품을 저렴하게 취급해 외면할 것이다. 리얼리티가 부족하다고.

　작가는 자기 마음이 갈리는 대로 등장인물을 여럿 만들어, 그 마음들을, 각자에게 주입해 그 역할을 맡긴다.

　작가는 다 이렇게 자기 작품에 푸니 실은 사회에 해로운 짓을 하고 싶어도 못 한다. 또 이런 것도 있다. 해로운 짓을 하면 사회 규범에 의한 응분의 조치가 따르는데 거기에 에너지를 쓰는 걸 무척 아까워한다. 작품에서 등장인물에게 온갖 못된 짓과 마음 가는 대로 착한 일을 다 할 수 있기 때문이다. 아주 사적이고 음흉한 생각도 자기 작품에다 그대로 담을 수 있다. 자기 맘껏 하니 속에 있는 응어리가 남지 않는다. 등장인물을 통해 쌓인 울분을 다 푸니 얼마나 시원하고 홀가분하겠는가.

이들이 무해한 이유는 글을 통해 속에 있는 것을 풀어 그런 것도 있지만, 글을 통해 자기 생각을 정리해 나가 그리된 것도 있다. 그러면서 자기만의 논리를 만들어내는 것이다. 그 논리를 갖고, 그게 인간 세계에서 버티는 기준이 되어 살아생전에 물리적으로만은 해가 안 되는 인간이 될 수 있다.

그들은 글을 쓰면서 가식을 던져버린다. 글을 쓰는 게 가식을 벗어 던지는 과정이라고 할 수 있다. 자신이 가진 가식들을 벗어버리고 솔직한 마음을 드러낸다. 그게 어려우면 등장인물 중 하나를 택해 그를 통해 그걸 까발리는 것이다. 누구나 가식을 너무 많이 갖고 있으면 자신에 대한 믿음이 줄게 된다. 자기혐오로 발전할 수도 있다. 자신을 기만하고 속인 대가다. 작가는 이걸 하기 때문에 자신을 믿는 강한 무기를 지닌 채 살아갈 수 있는 것이다.

등장인물과 함께 아예 작품을 통해서도 자기가 표현하고 싶은 걸, 그 작품으로 얼마든지 표현할 수 있다. 이매지네이션이 문제지, 못할 수 있는 건 없다.

아, 지금은 끈적이면서도 슬픈 사랑 이야기를 쓰고 싶다. 내가 비련의 주인공이고 싶다. 신비하고 아름다운 한 여인의 이야기로 그걸 풀어낼 수도 있다. 이땐 로맨스를 쓰면 된다. 뭔가 분기탱천해 기득권자의 부조리와 비뚤어진 사회 구조를 고발하고 싶다. 그러면 사회 참여와 풍자적인 글을 쓰면 된다. 그냥 가볍게 필명(筆名)만 내세워 상업적으로 팔리게끔(시류만 좇는) 장르 소설을 써도 되겠다. 지금은 사적 보복의 시대이니 뭔가 사립 탐정이 있어 보인다. 그럼 추리 소설을 쓰면 된다.

내가 존경하고, 되고 싶은 사람이 여기 있다. 그런 그의 일생을 다루면서 그 시대를 노래하는 대하소설의 장도에 오를 수도 있다. 거기서 방대한 등장인물들에게 내 생각과 그것의 실현을, 그들에게 하나하나 시키면 된다. 지금은 내게 상상력이 어느 때보다 넘치는 것 같다. 나도 한번 SF에 도전해 볼까 하고, 공상과학 작품을 쓸 수도 있다. "AI, 그게 뭐라고?" AI(Artificial Intelligence)는 극히 개인적인 것이 아닌 일반적인 빅 데이터만 갖고 글을 쓸 수밖에 없으니 극히 나만 겪었거나 느낀 것을 이참에 써보는 것이다. 김영하 작가의 책 〈나는 나를 파괴할 권리가 있다〉처럼 나를 파멸시키는 글을 쓸 수도 있다. 성장이 아닌 추락의, 극히 사소하고 개인적인 이야기를, 예상 못 하게 글로 푸는 것이다. AI가 감히 엄두조차 못 내는 것을. AI가 결국 작가에게 백기를 들게끔.

캐릭터와 글에 자기 마음을 다 담으니 얼마나 후련하고 개운하겠는가. 캐릭터들과 그가 쓴 글의 모든 생각과 행동은 다 작가의 것이다. 그는 자기 작품으로 무엇이든 할 수 있다. 어쩌면 무소불위의 왕이나 전지전능한 신을 능가할 수도 있다. 그 왕과 신까지 자기 작품 속에서 없애 버리면 그만이다.

왕은 죽여 버리면 끝이지만, 신은 죽여도 다시 살아날 수 있으니까 아니 죽음 자체가 없으니까, 그렇지만 그건 또 인간 마음의 작용이니까 아예 인간의 마음에서 애초에 없었다고 무신(武神)이었다고 해 버리는 것이다. 신을 인간의 마음에서 영원히 지워버리는 것이다. 더 이상 인간 마음속으로 들어오지 못하게. 아니면 인간 마음 자체를 없애버릴까. 인간 세상에서 생겨나 돌아다니는 것은 다 인간의 마음이 잉태한 것이므로.

인류 중에 신을 믿는 사람과 무신론자로 갈릴 것이다. 이때 작가는 후자에게 더 힘을 실어준다. 이렇게 되면, 작가는 그 어떤 것에도 제한이 없게 된다. 이런 만족스럽고 행복하고 그 무엇이든 할 수 있는 직업이 세상에 또 있을까.

작가는 글을 이런 식으로 쓰기 때문에 일반인이 말하길 스트레스가 없을 것 같다고 하는데, 그들도 일반인으로 살아가야 해서 일반인들이 스트레스를 푸는 방법을 병행하기도 한다. 가상에서 살지만, 현실에서도 생활해야 하기 때문이다. 그들과 대화하며 그들이 푸는 놀이에 동참하기도 한다. 거기서 영감을 얻어 글에 반영하기도 한다. 그래야 그들의 공감을 얻을 수 있기 때문이다. 그렇지만 역시 그들은 글을 통해 그들의 응어리를 가장 많이 푼다. 어쩌면 일반인들과 어울리는 것도 자기 글에 영감을 주고 그들과의 논쟁거리, 이슈, 화두에 대해 글로 표현하기 위함이리라. 그들의 모든 생각과 행동은 글로 수렴한다고 하면, 크게 틀리지 않을 것이다.

그들이 인간 생각의 끄트머리, 즉 결국 도달하는 궁극에 있는 것들을 없애는 이유는 자기 생각의 한계를 그들이 가로막고 있다고 생각하기 때문이다. 일단은 그래 놓고 글을 쓴다. 오로지 자기 생각의 자유로움을 위해서.

더한 것도 쓸 수 있는데, 세상의 저항이 심할 것 같으면 발표 안 하고 소장하기도 한다. 그런 것은 유고 작품이라고 사후에 발표될 수도 있는데, 그땐 그는 이미 세상에 없다. 비난의 대상이 사라졌다.

그들이 논란거리만 남겨놓고 비겁한 것처럼 사라져 버리는 것도, 상대의 저항이 정당하지 않고 억지 주장만 늘어놓는다고 생각하기 때문이다. 지구는 둥근데 평평하다고 하고, 지구가 도는 건데도 하늘이 돈다고 우기기 때문이다. 한 마디로 논쟁할 만한 가치가 없으니까 그들은 그걸 남겨놓고 사라져 버린 것이다. 이런 건 자기가 세계의 중심이라고 하는, 다분히 자기중심적인 사고방식이 낳은 결과다. 이러면 사물의 본질을 못 보고 겉모습만 보고 판단해 거짓과 오류 속에서 진실을 찾는 사람들을 근거 없이 헐뜯기만 하게 된다.

이제 바른 소리를 하는 사람은 사라졌고, 그들의 옳음은 후대에 가서 밝혀진다.

오늘도 뚜벅뚜벅

펴낸날 2024년 3월 22일

지은이 이태식
펴낸이 주계수 | **편집책임** 이슬기 | **꾸민이** 박효빈

펴낸곳 밥북 | **출판등록** 제 2014-000085 호
주소 서울시 마포구 양화로7길 47 상훈빌딩 2층
전화 02-6925-0370 | **팩스** 02-6925-0380
홈페이지 www.bobbook.co.kr | **이메일** bobbook@hanmail.net